卞尺丹几乙し丹卞と

Translated Language Learning

Alice's Adventures in Wonderland

Alice kalandjai Csodaországban

Lewis Carroll

English / Magyar

Copyright © 2024 Tranzlaty
All rights reserved
Published by Tranzlaty
ISBN: 978-1-83566-718-7
Original text: Alice's Adventures in Wonderland
by Lewis Carroll (1865)
Abridged by Sam'l Gabriel Sons (1916)
www.tranzlaty.com

Down the Rabbit Hole
Le a nyúllyukba

Alice was beginning to get very tired
Alice kezdett nagyon fáradt lenni
she was sitting by her sister on the grass bank
A nővére mellett ült a füves parton
but she had nothing to do
De nem volt semmi köze
her sister was reading a book
A nővére könyvet olvasott
once or twice Alice peeped into the book
egyszer-kétszer Alice belekukucskált a könyvbe
but the book had no pictures or conversations in it
De a könyvben nem voltak képek vagy beszélgetések
"what use is a book without pictures?," thought Alice
"Mi haszna egy könyvnek képek nélkül?" - gondolta Alice
"why would a book have no conversations?"
"Miért ne lenne egy könyvben beszélgetés?"
but she had other things to consider

De más dolgokat is figyelembe kellett vennie
"making a chain of daisies would be a pleasure"
"százszorszépek láncolatát készíteni öröm lenne"
"but is it worth the effort of getting up and picking the daisies??"
- De megéri-e az erőfeszítést, hogy felkeljen és szedje a százszorszépeket?
this was not so easy to think about
Erre nem volt olyan könnyű gondolni
because the day was making her feel sleepy and stupid
mert a nap álmosnak és hülyének érezte magát
but suddenly her thoughts were interrupted
De hirtelen megszakadtak a gondolatai
a White Rabbit with pink eyes ran close by her
egy rózsaszín szemű fehér nyúl futott el mellette

There was nothing overly remarkable about the rabbit
A nyúlban nem volt semmi túlságosan figyelemre méltó
and Alice did not think the rabbit remarkable either
és Alice sem tartotta figyelemre méltónak a nyulat
nor did it surprise her when the Rabbit spoke

és nem is lepte meg, amikor a Nyúl megszólalt
"Oh dear! I shall be too late!" he said to himself
"Ó, drágám! Elkéstem!" - mondta magában
but then the Rabbit did something that rabbits didn't do
de aztán a Nyúl olyat tett, amit a nyulak nem tettek meg
the Rabbit took a watch out of its waistcoat-pocket
a Nyúl elővett egy órát a mellényzsebéből
he looked at the time and then hurried on
Ránézett az időre, majd továbbsietett
Alice got to her feet, in amazement
Alice csodálkozva talpra állt
she had never seen a rabbit with a waistcoat before!
Még soha nem látott nyulat mellényben!
nor had she ever seen a rabbit with a watch!
Nyulat sem látott még órával!
Alice was burning with a new curiosity
Alice új kíváncsiságtól égett
and she ran across the field after the Rabbit
és átfutott a mezőn a Nyúl után
she was just in time to see the rabbit disappear
Éppen időben volt, hogy lássa a nyúl eltűnését
the rabbit hopped down into a large rabbit-hole
A nyúl leugrott egy nagy nyúllyukba
In another moment, down went Alice after the rabbit!
Egy másik pillanatban lefelé ment Alice a nyúl után!
The rabbit-hole went straight on like a tunnel
A nyúllyuk egyenesen haladt tovább, mint egy alagút
and the tunnel kept going for some distance
és az alagút tovább haladt egy bizonyos távolságig
and then the path suddenly dipped down
Aztán az ösvény hirtelen leereszkedett
Alice had not a moment to think about stopping herself
Alice-nek egy pillanatra sem volt arra gondolnia, hogy
megállítsa magát
she found herself falling down and down and down
Azon kapta magát, hogy leesik és leesik
it seemed as if she had fallen down a very deep well

Úgy tűnt, mintha egy nagyon mély kútba esett volna
Either the well was very deep, or she fell very slowly
Vagy a kút nagyon mély volt, vagy nagyon lassan esett
because she had plenty of time to fall
mert bőven volt ideje esni
as she was falling she could look all around her
Ahogy zuhanni kezdett, körülnézett
First, she tried to make out where she was going
Először megpróbálta kitalálni, hová megy
but the well was too dark to see anything
De a kút túl sötét volt ahhoz, hogy bármit is lásson
then she looked at the sides of the well
Aztán megnézte a kút oldalát
and she noticed that there were cupboards all around her
És észrevette, hogy szekrények vannak körülötte
and all around the well were book-shelves
és a kút körül könyvespolcok voltak
here and there she saw maps and pictures hung upon pegs
itt-ott térképeket és képeket látott csapokra akasztva
She took down a jar from one of the shelves as she passed
Levett egy üveget az egyik polcról, amikor elhaladt
the jar was labelled for its content
Az üveget címkével látták el a tartalma alapján
"MARMALADE MADE FROM ORANGES"
"NARANCSBÓL KÉSZÜLT LEKVÁR"
but, to her great disappointment, the marmalade jar was empty
De nagy csalódására a lekváros üveg üres volt
she did not want to drop the empty marmalade jar
Nem akarta leejteni az üres lekváros üveget
and her fall was very slow
és az esése nagyon lassú volt
so she managed to put the marmalade jar into one of the cupboards
Így sikerült a lekváros üveget az egyik szekrénybe helyezni
Down, down, down she fall!
Le, le, le, leesik!

Would the fall ever come to an end?
Véget ér-e valaha a bukás?
There was nothing else to do
Nem volt mit tenni
so Alice soon began talking to herself
így Alice hamarosan beszélni kezdett magában
"Dinah will miss me very much tonight, I should think!"
"Dinah-nak nagyon fog hiányozni ma este, azt hiszem!"
Dinah was Alice's cat
Dinah Alice macskája volt
"I hope they'll remember her saucer of milk at tea-time"
"Remélem, emlékezni fognak a csészealj tejére teaidőben"
"Dinah, my dear, I wish you were down here with me!"
- Dinah, kedvesem, bárcsak itt lennél velem!
Alice felt that she was dozing off
Alice úgy érezte, hogy elszunnyad
and then suddenly, thump! thump!
És akkor hirtelen, dübörgés! Thump!
down she fell upon a heap of sticks
leesett egy halom botra
and she landed on a pile of dry leaves
És leszállt egy halom száraz levélre
and finally the long fall down the hole was over
És végül véget ért a hosszú zuhanás a lyukon
Alice was not a bit hurt
Alice egy cseppet sem sérült meg
and she jumped up within a moment
és egy pillanat alatt felugrott
She looked up, but it was all dark overhead
Felnézett, de minden sötét volt a feje fölött
in front of her was another long corridor
Előtte egy másik hosszú folyosó volt
and the White Rabbit was still in sight
és a Fehér Nyúl még mindig látható volt
he was hurrying down the corridor
Sietett lefelé a folyosón
There was not a moment to be lost

Nem volt vesztegetni való pillanat
off ran Alice like the wind
ki futott Alice, mint a szél
around the corner turned the rabbit
A sarkon megfordult a nyúl
she was just in time to hear the rabbit
Éppen időben volt, hogy meghallja a nyulat
""Oh, my ears and whiskers"
"Ó, a fülem és a bajuszom"
"how late it's getting!"
- Milyen késő van!
She was close behind the rabbit
Szorosan a nyúl mögött volt
she turned around another corner
Befordult egy másik sarkon
but the Rabbit was no longer to be seen
de a Nyulat már nem lehetett látni
She found herself in a long, low hall
Egy hosszú, alacsony teremben találta magát
the hall was lit up by a row of ceiling lamps
A termet mennyezeti lámpák sora világította meg
There were doors all around the hall
A terem körül ajtók voltak
but all the doors were locked
De minden ajtó zárva volt
she walked all the way down one side of the hall
Végigsétált a terem egyik oldalán
and she had walked all the way up the other side of the hall
és egészen a terem másik oldaláig sétált
she had tried every door
Minden ajtót kipróbált
and she walked sadly down the middle of the hall
és szomorúan sétált végig a terem közepén
"how am I ever going to get out again?"
"Hogyan fogok valaha is kijutni?"

Suddenly she came upon a little table
Hirtelen egy kis asztalra bukkant
the table was made entirely of solid glass
Az asztal teljes egészében tömör üvegből készült
There was nothing on the table but a tiny golden key
Nem volt semmi az asztalon, csak egy apró aranykulcs
the key might belong to one of the doors!
Lehet, hogy a kulcs az egyik ajtóhoz tartozik!
but, alas! some of the locks were too large for the keys
De sajnos! Néhány zár túl nagy volt a kulcsokhoz
and for the other locks the key was too small
és a többi zárhoz a kulcs túl kicsi volt
but, at any rate, the key opened none of the doors
De mindenesetre a kulcs egyik ajtót sem nyitotta ki
but what was she to do?
De mit kellett tennie?
she went through the hall again
Újra átment a termen

and this time she noticed a low curtain
És ezúttal észrevett egy alacsony függönyt
behind the curtain was a little door
A függöny mögött volt egy kis ajtó
the door was about fifteen inches high
Az ajtó körülbelül tizenöt hüvelyk magas volt
She tried the little golden key in the lock
Kipróbálta a zárban lévő kis aranykulcsot
and to her great delight, the key fit in the lock!
És nagy örömére a kulcs illeszkedik a zárba!
Alice opened the door
Alice kinyitotta az ajtót
and she found the door led into a small corridor
És megtalálta az ajtót, amely egy kis folyosóra vezetett
the corridor was not much larger than a rat-hole
A folyosó nem volt sokkal nagyobb, mint egy patkánylyuk
she knelt down and looked along the corridor
Letérdelt, és végignézett a folyosón
and she saw the loveliest garden you have ever seen
És látta a legszebb kertet, amit valaha láttál
how she longed to get out of that dark hall
mennyire vágyott arra, hogy kijusson abból a sötét teremből
how she wanted to wander among those bright flowers
hogyan akart vándorolni a fényes virágok között
how cool refreshing those fountains looked
Milyen klasszul frissítőnek tűntek ezek a szökőkutak
but she could not even get her head through the doorway
De még a fejét sem tudta bedugni az ajtón
"Oh," said Alice, mournfully
- Ó - mondta Alice gyászosan
"how I wish I could fold up like a telescope!"
"Mennyire szeretném, ha összecsukhatnám, mint egy
távcsövet!"
"I think I could fold up like a telescope"
"Azt hiszem, össze tudnék csukódni, mint egy távcső"
"if I only knew how to begin"
"bárcsak tudnám, hogyan kezdjem el"

Alice went back to the table
Alice visszament az asztalhoz
there was the chance of finding another key
Esély volt egy másik kulcs megtalálására
or there might be a book of rules
vagy lehet egy szabálykönyv
the book could tell her how to fold up like a telescope
A könyv megmondhatta neki, hogyan kell összecsukni, mint egy távcsövet
This time she found a little bottle
Ezúttal talált egy kis üveget
"this bottle certainly was not here before," said Alice
- Ez a palack biztosan nem volt itt korábban - mondta Alice
and tied around the neck of the bottle was a paper label
és a palack nyakába kötve papírcímke volt
the label was beautifully printed in large letters
A címkét gyönyörűen, nagy betűkkel nyomtatták
"DRINK ME"
"Igyál MEG"
"No, I'll look first," she said
- Nem, először megnézem - mondta
"I'll see whether the bottle is marked as poisonous or not,"
"Megnézem, hogy a palack mérgező-e vagy sem"
because she never forgot the lesson about poison
Mert soha nem felejtette el a méregről szóló leckét
"if a bottle is labelled poisonous, it's bound to disagree with you"
"Ha egy palackot mérgezőnek címkéznek, akkor biztosan nem ért egyet veled"
However, this bottle was not marked as poisonous
Ezt a palackot azonban nem jelölték mérgezőnek
so Alice ventured to taste the content of the bottle
így Alice megkóstolta a palack tartalmát
she found the liquid quite to her liking
A folyadékot nagyon tetszettnek találta
the drink had a sort of mixed flavour
Az italnak egyfajta vegyes íze volt

cherry-tart, custard, and pineapple
cseresznye-torta, puding és ananász
roast turkey, toffee, and toast with hot butter
sült pulyka, karamella és pirítós forró vajjal
and she soon finished off the bottle
és hamarosan befejezte az üveget
"What a curious feeling!" said Alice
"Milyen furcsa érzés!" - mondta Alice
"I am folding up like a telescope!"
"Összecsukom, mint egy távcsövet!"
And she was folding up like a telescope indeed!
És valóban összecsukódott, mint egy távcső!
She was now only ten inches high
Most már csak tíz hüvelyk magas volt
and her face brightened up at her thoughts
és az arca felderült a gondolataira
now she was the the right size for the little door
Most már megfelelő méretű volt a kis ajtóhoz
now she could go into that lovely garden
Most már bemehetett abba a szép kertbe
soon she stopped getting smaller
Hamarosan abbahagyta a kisebbséget
she decided on going into the garden at once
Úgy döntött, hogy azonnal bemegy a kertbe
but, alas for poor Alice!
de jaj szegény Alice-nek!
she got to the door
Az ajtóhoz ért
but she had forgotten the little golden key
De elfelejtette a kis aranykulcsot
she went back to the table for the key
Visszament az asztalhoz a kulcsért
but she found she could not reach high enough
De rájött, hogy nem tud elég magasra jutni
she could see the key quite plainly through the glass
Tisztán látta a kulcsot az üvegen keresztül
she tried to climb up the legs of the table

Megpróbált felmászni az asztal lábaira
but the glass was far too slippery
De az üveg túl csúszós volt
eventually she tired herself out with trying
Végül kifárasztotta magát a próbálkozással
and the poor little girl sat down and cried
És a szegény kislány leült és sírt
Alice spoke to herself rather sharply
Alice meglehetősen élesen beszélt magában
"Come, there's no use in crying like that!"
"Gyere, nincs értelme így sírni!"
"I advise you to stop right this minute!"
"Azt tanácsolom, hogy ebben a percben hagyja abba!"
She generally gave herself very good advice
Általában nagyon jó tanácsokat adott magának
though she very seldom followed her own advice
bár nagyon ritkán követte a saját tanácsát
and she sometimes was too harsh on herself
és néha túl kemény volt önmagával szemben
and her words brought tears into her eyes
és szavai könnyeket csaltak a szemébe
Soon her eye fell upon a little glass box
Hamarosan egy kis üvegdobozra esett a szeme
the little glass box was lying under the table
A kis üvegdoboz az asztal alatt feküdt
in the glass box was a very small cake
Az üvegdobozban egy nagyon kicsi sütemény volt
on the cake some words were beautifully written
A tortán néhány szó gyönyörűen volt írva
the words had been marked in currants
A szavakat ribizliben jelölték
"EAT ME"
"EGYÉL MEG"
"Well, I'll eat the cake," said Alice
- Nos, megeszem a tortát - mondta Alice
"and if the cake makes me grow larger, I can reach the key"
"és ha a tortától nagyobb leszek, elérhetem a kulcsot"

"and if the cake makes me grow smaller, I can creep under the door"

"és ha a tortától kisebb leszek, bekúszhatok az ajtó alá"

"so either way I'll get into the garden"

"szóval akárhogy is, bejutok a kertbe"

"and I don't care which of the two happens!"

"és nem érdekel, hogy a kettő közül melyik történik!"

She ate a little bit of the cake

Megevett egy keveset a tortából

and she anxiously spoke to herself:

és aggódva szólt magában:

"Which way? Which way?"

"Merre? Merre?"

and she held her hand on her head

és a fejét tartotta a fején

she wanted to feel which way she was growing

Érezni akarta, merre fejlődik

she was quite surprised to find what had happened

Nagyon meglepődött, amikor megtudta, mi történt

she had remained the same size!

Ugyanakkora maradt!

so this time she doubled her efforts

Tehát ezúttal megduplázta erőfeszítéseit

and soon she finished off the whole cake

És hamarosan befejezte az egész tortát

The Pool of Tears
A könnyek medencéje
"This is getting more and more interesting!" cried Alice
"Ez egyre érdekesebbé válik!" - kiáltotta Alice
You can see she was very surprised
Láthatja, hogy nagyon meglepődött
"I'm opening out like the largest telescope there ever was!"
"Úgy nyitok, mint a valaha volt legnagyobb távcső!"
"Good-bye, feet! Oh, my poor little feet"
"Viszlát, lábak! Ó, szegény kis lábam"
"I wonder who will put on your shoes for you now, dears?"
- Kíváncsi vagyok, ki fogja most felvenni neked a cipődet, kedveseim?
"and I wonder who will put on your stockings?"
- és kíváncsi vagyok, ki fogja felvenni a harisnyádat?
"I shall be a great deal too far away"
"Túl messze leszek"
"I won't be able trouble myself about you anymore"
"Nem fogok tudni többé bajlódni veled"
Just at this moment her head struck against something
Ebben a pillanatban a feje valaminek ütközött
she had reached the roof of the hall
elérte a terem tetejét
in fact, she was now more than two meters tall
Valójában most már több mint két méter magas volt
and she at once took up the little golden key
És azonnal felvette a kis aranykulcsot
and she hurried off to the garden door
és elsietett a kertajtóhoz
Poor Alice! There was not much she could do
Szegény Alice! Nem sokat tehetett
she laid down on one side
Az egyik oldalra feküdt
and she looked through into the garden with one eye
És fél szemmel kinézett a kertbe
but to get through was more hopeless than ever
De az átjutás reménytelenebb volt, mint valaha

She sat down and began to cry again
Leült, és újra sírni kezdett
She went on shedding gallons of tears
Folytatta a könnyek gallonjait
soon there was a large pool all around her
Hamarosan egy nagy medence volt körülötte
and the water reached half-way down the hall
és a víz elérte a terem felét
After a time, she heard a little pattering of feet
Egy idő után hallotta a lábak kis pattogását
she heard the feet coming from the distance
Hallotta a lábát a távolból
and she hastily dried her eyes to see what was coming
és sietve megszárította a szemét, hogy lássa, mi jön
It was the White Rabbit returning
A Fehér Nyúl visszatért
he was splendidly dressed
Pompásan volt öltözve
he had a pair of white gloves in one hand
Egy pár fehér kesztyű volt az egyik kezében
and he had a large feather fan in the other hand
És volt egy nagy tolllegyezője a másik kezében
He came trotting along in a great hurry
Nagy sietve ügetve jött
and he muttered to himself, "Oh! the Duchess, the Duchess!"
és azt motyogta magában: "Ó! a hercegnő, a hercegnő!"
"Oh! won't she be savage if I've kept her waiting!"
"Óh! nem lesz vad, ha várakoztattam!"

When the Rabbit came near her, Alice spoke
Amikor a Nyúl a közelébe ért, Alice megszólalt
but she spoke in a low, timid voice
De halk, félénk hangon beszélt
"sir, please stop what you're doing for one moment"
"Uram, kérem, hagyja abba egy pillanatra, amit csinál"
The Rabbit startled violently
A Nyúl hevesen megijedt
he dropped the white gloves and the feather fan
Ledobta a fehér kesztyűt és a tolllegyezőt
and he scurried away into the darkness as fast as he could
és elsurrant a sötétségbe, amilyen gyorsan csak tudott
Alice picked up the feather fan and gloves
Alice felvette a tollventilátort és a kesztyűt
and she kept fanning herself while she kept talking
És folyamatosan legyezgette magát, miközben tovább beszélt
"Dear, dear! How strange everything is today!"
"Kedves, kedves! Milyen furcsa ma minden!"
"yesterday things went on just as usual"

"Tegnap a dolgok a szokásos módon mentek tovább"
"Was I the same when I got up this morning?"
"Ugyanaz voltam, amikor ma reggel felkeltem?"
"But if I'm not the same, there is another question"
"De ha nem vagyok ugyanaz, van egy másik kérdés"
"Who in the world am I?"
"Ki vagyok én a világon?"
"Ah, that's the great puzzle!"
"Ah, ez a nagy rejtvény!"
As she said this, she looked down at her hands
Miközben ezt mondta, lenézett a kezére
she was wearing one of the rabbits little white gloves
Az egyik nyúl kis fehér kesztyűt viselt
she hadn't noticed she put the glove on while talking
Nem vette észre, hogy beszélgetés közben felvette a kesztyűt
"How can I have done that?" she thought
"Hogyan tehettem ezt?" - gondolta
"I must be growing small again"
"Újra kicsinek kell lennem"
She got up and went to the table to measure her height
Felkelt és az asztalhoz ment, hogy megmérje a magasságát
she found that she was now about half a meter tall
Megállapította, hogy most körülbelül fél méter magas
and she was still shrinking rapidly
és még mindig gyorsan zsugorodott
She soon found out what the cause of the shrinking was
Hamarosan rájött, mi a zsugorodás oka
the feather fan was making her smaller again!
A tolllegyező ismét kisebbé tette!
and she dropped the feather fan hastily
És sietve eldobta a tollventilátort
she dropped the feather fan just in time to save herself
Éppen időben ejtette el a tollventilátort, hogy megmentse
magát
**had she fanned herself any longer she would have shrunk
away entirely**
Ha tovább legyezte volna magát, teljesen összezsugorodott

volna
"That was a narrow escape!" said Alice
"Ez egy szűk menekülés volt!" - mondta Alice
and she was a good deal frightened at the sudden change
és nagyon megijedt a hirtelen változástól
but she was very glad to find herself still in existence
De nagyon örült, hogy még mindig létezik
"And now, off to the garden!"
- És most irány a kert!
And she ran with all speed back to the little door
És teljes sebességgel visszaszaladt a kis ajtóhoz
but, alas! the little door was shut again
De sajnos! A kis ajtó ismét becsukódott
and the little golden key was lying on the glass table again
És a kis aranykulcs ismét az üvegasztalon hevert
"Things are worse than ever," thought the poor child
"A dolgok rosszabbak, mint valaha" - gondolta a szegény gyermek
"I never was so small as this before, never!"
"Soha nem voltam ilyen kicsi, mint ez, soha!"
As she said these words, her foot slipped
Ahogy ezeket a szavakat mondta, a lába megcsúszott
and in another moment there was a great splash!
És egy másik pillanatban nagy csobbanás volt!
she was up to her chin in salt-water
állig ért a sós vízben
Her first idea was that she had somehow fallen into the sea
Az első ötlete az volt, hogy valahogy beleesett a tengerbe
However, she soon realized what she was in
Azonban hamarosan rájött, hogy miben van
she was in a pool of tears
Könnyek medencéjében volt
the tears she had wept when she was two meters tall
a könnyek, amelyeket két méter magas korában sírt

Just then she heard something
Ekkor hallott valamit
something was splashing about in the pool
Valami fröccsent a medencében
the splashing came from a little way off
A fröccsenés egy kicsit messziről jött
and she swam nearer to see what the splashing was
és közelebb úszott, hogy megnézze, mi a csobbanás
she soon saw that it was only a little mouse
Hamarosan látta, hogy ez csak egy kis egér
the little mouse had slipped in to the water too
A kisegér is becsúszott a vízbe
Alice thought to herself about the situation
Alice gondolta magában a helyzetet
"Would it be of any use to speak to this mouse?"
- Hasznos lenne beszélni ezzel az egérrel?
"Everything is so up-side-down down here"
"Itt minden olyan fejjel lefelé van"
"I should think very likely this mouse can talk"
"Nagyon valószínűnek kellene tartanom, hogy ez az egér tud

beszélni"
"at any rate, there's no harm in trying"
"Mindenesetre nem árt megpróbálni"
So she began trying to talk to the mouse
Így hát megpróbált beszélni az egérrel
"Oh Mouse, do you know the way out of this pool?"
- Ó, egér, tudod a kiutat ebből a medencéből?
"I am very tired of swimming about here, Oh Mouse!"
- Nagyon belefáradtam az úszásba, ó, egér!
The mouse looked at her rather inquisitively
Az egér meglehetősen kíváncsian nézett rá
the mouse seemed to wink with one of its little eyes
Az egér mintha kacsintott volna az egyik kis szemével
but the little mouse said nothing
De a kisegér nem szólt semmit
"Perhaps the mouse doesn't understand English," thought
Alice
"Talán az egér nem ért angolul" - gondolta Alice
"I dare say it's a French mouse"
"Merem állítani, hogy ez egy francia egér"
"perhaps this mouse came over with William the Conqueror"
"talán ez az egér jött át Hódító Vilmossal"
So she began again, in French
Így hát újra elkezdte, franciául
"Where is my cat?" she asked in French
"Hol van a macskám?" – kérdezte franciául
it was the first sentence in her French lesson-book
ez volt francia leckekönyvének első mondata
The Mouse gave a sudden leap out of the water
Az Egér hirtelen kiugrott a vízből
and the mouse seemed to quiver all over with fright
és úgy tűnt, hogy az egér reszket az ijedtségtől
"Oh, I beg your pardon!" cried Alice hastily
- Ó, bocsánatot kérek! - kiáltotta Alice sietve
she was afraid that she had hurt the poor animal's feelings
Attól félt, hogy megsértette a szegény állat érzéseit
"I quite forgot you didn't like cats"

"Teljesen elfelejtettem, hogy nem szereted a macskákat"
"I don't like cats!" cried the Mouse in a shrill, passionate voice
"Nem szeretem a macskákat!" kiáltotta az Egér reszkető, szenvedélyes hangon
"Would you like cats, if you were me?"
- Szeretnél macskákat, ha én lennél?
Alice comforted the mouse in a soothing tone
Alice megnyugtató hangon vigasztalta az egeret
"Well, perhaps I would not like cats if I were you either"
- Nos, talán én sem szeretnék macskákat, ha te lennék.
"please don't be angry about the mention of cats"
"Kérlek, ne haragudj a macskák említése miatt"
"And yet I wish I could show you our cat Dinah"
"És mégis azt kívánom, bárcsak megmutathatnám neked a macskánkat, Dinah-t"
"if you met her I think you'd take a fancy to cats"
"Ha találkoznál vele, azt hiszem, kedvet kapnál a macskákhoz"
"if you could only see her"
"Bárcsak láthatnád"
"She is such a dear, quiet thing"
"Olyan kedves, csendes dolog"
The mouse was shaking all over
Az egér egész testében remegett
Alice felt certain the mouse must be really offended
Alice biztos volt benne, hogy az egér biztosan megsértődött
"We won't talk about her any more, if you'd rather not"
"Nem beszélünk róla többet, ha inkább nem"
"We, indeed!" cried the Mouse
"Mi, valóban!" kiáltotta az Egér
the mouse was trembling down to the end of its tail
Az egér a farka végéig remegett
"As if I would talk on such a subject!"
- Mintha ilyen témáról beszélnék!
"Our family always hated cats"
"A családunk mindig utálta a macskákat"

"cats; nasty, low, vulgar things!"
"macskák; Csúnya, alacsony, vulgáris dolgok!"
"Don't let me hear the name again!"
"Ne engedd, hogy újra halljam a nevet!"
"I won't mention cats again indeed!" said Alice
"Nem említem többé a macskákat!" - mondta Alice
she was in a great hurry to change the subject
Nagyon sietett megváltoztatni a témát
"Are you... are you fond of dogs?"
"Te vagy... Szereted a kutyákat?"
"There is such a nice little dog near our house,"
"Van egy ilyen kedves kis kutya a házunk közelében,"
"I should like to show you the little dog!"
- Szeretném megmutatni neked a kis kutyát!
"this little dog kills all the rats and...
"Ez a kis kutya megöli az összes patkányt és...
"oh, dear!" cried Alice in a sorrowful tone
- Ó, drágám! - kiáltotta Alice szomorú hangon
"I'm afraid I've offended you again!"
- Attól tartok, megint megbántottalak!
the mouse was swimming away from her as fast as it could go
Az egér olyan gyorsan úszott el tőle, ahogy csak tudott
and the mouse made quite a commotion in the pool
És az egér elég nagy felfordulást okozott a medencében
So she called softly after the mouse
Így halkan hívta az egeret
"my dear mouse, please come back!"
"Kedves egerem, kérlek, gyere vissza!"
"and we won't talk about cats"
"És nem fogunk beszélni a macskákról"
"and we don't have to talk about dogs either"
"És a kutyákról sem kell beszélnünk"
When the mouse heard this, it turned around
Amikor az egér ezt meghallotta, megfordult
and the little mouse swam slowly back to her
És a kis egér lassan visszaúszott hozzá

the mouse's face was quite pale
Az egér arca egészen sápadt volt
and the mouse spoke, in a low, trembling voice
és az egér halk, remegő hangon beszélt
"Let us get to the shore"
"Menjünk a partra"
"and then I'll tell you my history"
"és akkor elmondom neked a történetemet"
"and you'll understand why it is I hate cats and dogs"
"és meg fogod érteni, miért utálom a macskákat és a kutyákat"
It had become high time to go
Legfőbb ideje volt menni
because the pool was getting quite crowded
mert a medence meglehetősen zsúfolt volt
other birds and animals had fallen into the pool
Más madarak és állatok beleestek a medencébe
there were a Duck and a Dodo
volt egy kacsa és egy dodó
and there was a Lory bird and an Eaglet
és volt egy Lory madár és egy Eaglet
and there were several other interesting looking creatures
És számos más érdekes kinézetű lény is volt
Alice led the way out the pool
Alice vezette a kiutat a medencéből
and the whole party of animals swam to the shore
és az állatok egész csoportja úszott a partra

A caucus race and a long tail
Egy caucus verseny és egy hosszú farok
They were indeed a funny-looking bunch of animals
Valóban vicces kinézetű állatcsapat voltak
and they all assembled on the water's bank
és mindannyian összegyűltek a víz partján
the birds all had bedraggled feathers
A madaraknak mind kócos tollai voltak
and the furry animals were soaked through
és a szőrös állatokat átitatták
and all were dripping wet, annoyed and uncomfortable
és mindegyik nedvesen, bosszúsan és kényelmetlenül
csöpögött

there was one question that had to be answered first
Volt egy kérdés, amit először meg kellett válaszolni
what is the best way for everyone to get dry?
Mi a legjobb módja annak, hogy mindenki kiszáradjon?
They had a consultation about this matter
Konzultáltak erről az ügyről
soon they were all on familiar terms

Hamarosan mindannyian ismerős viszonyban voltak
it was as if she had known them all her life
Olyan volt, mintha egész életében ismerte volna őket
the mouse seemed to be a person of some authority
Az egér valamilyen tekintélyes személynek tűnt
"Sit down, all of you, and listen to me!
"Üljetek le mindannyian, és hallgassatok rám!
I'll soon make you all dry again!"
"Hamarosan újra szárazzá teszlek benneteket!"
They all sat down at once, in a large ring
Mindannyian egyszerre ültek le, egy nagy gyűrűben
and the little mouse sat in the middle
És a kis egér középen ült
"Ahem!" said the mouse with an important air
"Ahem!" - mondta az egér fontos levegővel
"Are you all ready?"
- Készen álltok?
"This is the driest thing I know"
"Ez a legszárazabb dolog, amit tudok"
"Silence all around, if you please!"
"Csend körös-körül, ha tetszik!"
"William the Conqueror was favoured by the pope"
"Hódító Vilmosnak kedvezett a pápa"
"but he was soon submitted to by the English"
"de hamarosan behódoltak neki az angolok"
"they wanted leaders of late"
"Kései vezetőket akartak"
"and they had been accustomed to power and conquest"
"és hozzászoktak a hatalomhoz és a hódításhoz"
"Edwin and Morcar, the Earls of Mercia and Northumbria"
"Edwin és Morcar, Mercia és Northumbria grófjai"
"Ugh!" said the lori bird, with a shiver
"Ugh!" - mondta a lori madár reszketve
"and even Stigand, the patriotic archbishop of Canterbury"
"és még Stigand, Canterbury hazafias érseke is"
"he also found it advisable"
"Ő is tanácsosnak találta"

"What did he find advisable?" said the duck
"Mit talált tanácsosnak?" - kérdezte a kacsa
"He found it advisable" the mouse replied rather crossly
- Tanácsosnak találta - felelte az egér meglehetősen keresztbe
téve
but the duck was not satisfied
De a kacsa nem volt elégedett
"of course, you know what 'it' means"
"Természetesen tudod, mit jelent az »ez«"
"I know what 'it' is when I find a thing," said the duck
- Tudom, mi az, amikor találok valamit - mondta a kacsa
"it's generally a frog or a worm"
"Általában béka vagy féreg"
"The question is, what did the archbishop find?"
"A kérdés az, hogy mit talált az érsek?"
The mouse did not notice this question
Az egér nem vette észre ezt a kérdést
instead, the mouse hurriedly went on with the speech
Ehelyett az egér sietve folytatta a beszédet
"he found it advisable to go with Edgar Atheling"
"tanácsosnak találta, hogy Edgar Athelinggel menjen"
"to meet William and offer him the crown"
"találkozni Vilmossal és felajánlani neki a koronát"
the mouse continued, turning to Alice as it spoke
az egér folytatta, és Alice-hez fordult, miközben beszélt
"How are you getting on now, my dear?"
- Hogy állsz most, kedvesem?
"As wet as ever," said Alice in a melancholy tone
- Olyan nedves, mint mindig - mondta Alice melankolikus
hangon
"this story doesn't seem to dry me at all"
"Úgy tűnik, ez a történet egyáltalán nem szárít meg"
"In that case," said the dodo solemnly, rising to its feet
- Ebben az esetben - mondta ünnepélyesen a dodó, talpra állva
"I vote that the meeting be adjourned"
"Az ülés elnapolására szavazok"
"and I propose an immediate adoption of more energetic

remedies"
"és javaslom az energikusabb jogorvoslatok azonnali elfogadását"
"Speak real words!" said the eaglet
"Beszélj igazi szavakat!" - mondta a sas
"I don't know the meaning of half of those long words"
"Nem tudom, mit jelent ezeknek a hosszú szavaknak a fele"
"and, what's more, I don't believe you know either!"
- És mi több, azt hiszem, te sem tudod!
"What I was going to say," said the dodo in an offended tone
- Mit akartam mondani - mondta a dodó sértett hangon
"the best thing to get us dry would be a caucus-race"
"A legjobb dolog, hogy szárazra kerüljünk, egy kaukuszi verseny lenne"
"What is a caucus-race?" said Alice
"Mi az a caucus-race?" - kérdezte Alice

"Well," said the dodo, "the best way to explain it is to do it"
- Nos - mondta a dodó -, a legjobb módja annak, hogy megmagyarázzuk, ha megtesszük.
"First the dodo marked out a race-course"
"Először a dodó jelölt ki egy versenypályát"
"the track was in a sort of circle"
"A pálya egyfajta körben volt"
"and then all the party were placed along the course"
"És akkor az egész párt a pálya mentén helyezkedett el"

There was no "One, two, three and away!"
Nem volt "Egy, kettő, három és el!"
but they began running when they liked
De akkor kezdtek el futni, amikor kedvük volt
and they also finished when they liked
És akkor is befejezték, amikor tetszett nekik
so it was not easy to know when the race was over
Így nem volt könnyű tudni, mikor ért véget a verseny
after half an hour or so of running they were all quite dry
Körülbelül fél óra futás után mind elég szárazak voltak
the dodo suddenly called out, "The race is over!"
a dodó hirtelen felkiáltott: "A versenynek vége!"
and they all crowded around the dodo
és mindannyian a dodó körül tolongtak
all the animals were panting and puffing
Az összes állat lihegett és puffadt
and they all wanted to know, "But who has won?"
és mindannyian tudni akarták, "De ki győzött?"
This question the dodo could not immediately answer
Erre a kérdésre a dodó nem tudott azonnal válaszolni
first he had to do a great deal of thinking
Először sokat kellett gondolkodnia
after much thinking, the dodo finally spoke
Hosszas gondolkodás után a dodó végre megszólalt
"Everybody has won, and all must have prizes"
"Mindenki nyert, és mindenkinek díjat kell kapnia"
"But who is to give the prizes?" asked a chorus of voices
"De ki adja át a díjakat?" – kérdezte a hangok kórusa
"Well, she, of course," said the dodo
- Hát persze, hogy ő - mondta a dodó
and the dodo pointed with one finger to Alice
és a dodó egy ujjal Alice-re mutatott
and the whole party of animals crowded around her
és az állatok egész társasága körülötte tolongott
they called out, in a confused way, "Prizes! Prizes!"
zavartan kiáltották: "Díjak! Díjak!"
Alice had no idea what to do

Alice-nek fogalma sem volt, mit tegyen
in despair she put her hand into her pocket
Kétségbeesésében zsebre dugta a kezét
and she pulled out a box of sweets
És elővett egy doboz édességet
luckily the salt-water had not got into the box
Szerencsére a sós víz nem került a dobozba
and she handed the sweets around as prizes
és az édességeket nyereményként adta át
There was exactly one piece for everyone
Pontosan egy darab volt mindenkinek
The next thing they had to do was to eat the sweets
A következő dolog, amit meg kellett tenniük, az volt, hogy
megették az édességeket
this caused some noise and confusion
Ez némi zajt és zavart okozott
**the large birds complained that they could not taste their
sweets**
A nagy madarak panaszkodtak, hogy nem tudják megkóstolni
édességeiket
the small ones choked and had to be patted on the back
A kicsik megfulladtak, és hátba kellett veregetni őket
However, it was over at last
Végre azonban vége volt
and they sat down again in a ring
és újra leültek egy gyűrűben
and they begged the mouse to tell them something more
És könyörögtek az egérnek, hogy mondjon nekik még valamit
"You promised to tell me your history, you know," said Alice
- Megígérted, hogy elmondod nekem a történetedet, tudod -
mondta Alice
and she made another little remark about cats in a whisper
És suttogva tett még egy kis megjegyzést a macskákról
she didn't want to offend the mouse again
Nem akarta újra megsérteni az egeret
the little mouse turned to Alice and sighed
a kis egér Alice-hez fordult, és felsóhajtott

"Mine is a long and a sad tale!"
"Az enyém hosszú és szomorú mese!"
"It is a long tail, certainly," said Alice
- Ez egy hosszú farok, természetesen - mondta Alice
and she looked down with wonder at the mouse's tail
és csodálkozva nézett le az egér farkára
"but why do you call it a sad tail?"
- De miért nevezed szomorú faroknak?
And she kept on puzzling about it while the mouse was speaking
És tovább töprengett ezen, miközben az egér beszélt
so that her idea of the tale was something like this
úgy, hogy a mese ötlete valami ilyesmi volt

<pre>
        "Fury said to
      a mouse, That
        he met in the
          house, 'Let
            us both go
              to law: *I*
              will prosecute
              you.——
              Come, I'll
              take no denial:
            We must have
          the trial;
        For really
        this morning
    I've
    nothing
    to do.'
        Said the
          mouse to
            the cur,
              'Such a
                trial, dear
                  sir, With
                    no jury
                      or judge,
                      would
                      be wasting
                    our
                breath.'
              'I'll be
              judge,
          I'll be
        jury,'
    said
    cunning
      old
        Fury;
          'I'll
            try
              the
                whole
                cause,
                and
                condemn
          death.'
</pre>

Fury said to a mouse, That he met in the house"
Fury azt mondta egy egérnek: Hogy találkozott a házban"
Let us both go to law: I will prosecute you
Forduljunk mindketten a törvényhez: vádat emelek ellened

Come, I'll take no denial: We must have the trial
Gyere, nem tagadom: meg kell tartanunk a tárgyalást
For really this morning I've nothing to do
Mert ma reggel tényleg nincs mit tennem
Said the mouse to the cur;
- mondta az egér a curnak;
**Such a trial, dear sir, With no jury or judge, would be
wasting our breath**
Egy ilyen tárgyalás, kedves uram, esküdtszék és bíró nélkül,
lélegzetvisszafojtást jelentene
"I'll be judge, I'll be jury," said cunning old Fury
"Bíró leszek, esküdtszék" – mondta a ravasz öreg Fury
I'll try the whole cause, and condemn you to death
Megpróbálom az egész ügyet, és halálra ítéllek
the mouse spoke severely to Alice
az egér komolyan beszélt Alice-hez
"You are not paying attention!"
"Nem figyelsz!"
"What are you thinking of?"
- Mire gondolsz?
"I beg your pardon," said Alice very humbly
- Bocsánatot kérek - mondta Alice nagyon alázatosan
"you had got to the fifth bend, I think?"
- Azt hiszem, eljutottál az ötödik kanyarhoz?
"You insult me by talking such nonsense!"
"Megsértesz azzal, hogy ilyen ostobaságokat beszélsz!"
and the mouse got up and walked away
és az egér felállt és elment
Alice called after the little mouse
Alice a kis egér után hívott
"Please come back and finish your story!"
"Kérlek, gyere vissza, és fejezd be a történetedet!"
And the others all joined in chorus
És a többiek mind kórusban csatlakoztak
"Yes, please do finish your story!"
"Igen, kérlek, fejezd be a történetedet!"
But the mouse only shook its head impatiently

De az egér csak türelmetlenül rázta a fejét
and the little mouse walked a little quicker
És a kis egér egy kicsit gyorsabban sétált
"I wish I had Dinah, our cat, here!" said Alice
"Bárcsak itt lenne Dinah, a macskánk!" – mondta Alice
This caused a remarkable sensation among the party
Ez figyelemre méltó szenzációt okozott a párt körében
Some of the birds hurried off at once
Néhány madár egyszerre sietett el
and a Canary called out in a trembling voice, to its children;
és egy kanári remegő hangon kiáltott gyermekeihez;
"Come away, my dears!"
- Gyertek el, kedveseim!
"It's high time you were all in bed!"
"Itt az ideje, hogy mindannyian ágyban legyetek!"
with various excuses they all went away
Különböző kifogásokkal mindannyian elmentek
and Alice was soon left alone
és Alice hamarosan egyedül maradt
"I wish I hadn't mentioned Dinah!"
- Bárcsak ne említettem volna Dinah-t!
"Nobody seems to like her down here"
"Úgy tűnik, senki sem szereti őt itt lent"
"but I'm sure she's the best cat in the world!"
"De biztos vagyok benne, hogy ő a legjobb macska a világon!"
Poor Alice began to cry again
Szegény Alice újra sírni kezdett
because she felt very lonely and low-spirited
mert nagyon magányosnak és alacsony szelleműnek érezte magát
In a little while, however, she again heard something
Kis idő múlva azonban ismét hallott valamit
a little pattering of footsteps in the distance
egy kis léptekkel pattogva a távolban
and she looked up eagerly
és mohón felnézett

The rabbit sends in little Mr Bill
A nyúl beküldi a kis Bill urat

It was the white rabbit,trotting slowly back again
A fehér nyúl volt, lassan ügetve vissza
he was looking about anxiously as he went
Aggódva nézett körül, ahogy ment
he looked as if he had lost something
Úgy nézett ki, mintha elveszített volna valamit
Alice heard him muttering to himself
Alice hallotta, amint magában motyogja
"The Duchess! The Duchess! Oh, my dear paws!"
"A hercegnő! A hercegnő! Ó, kedves mancsaim!"
"Oh, my fur and whiskers!"
- Ó, a szőröm és a bajuszom!
"She'll get me executed, I'm sure of that"
"Ki fog végezni, ebben biztos vagyok"
"just as sure as ferrets are ferrets!"
"Éppoly biztos, mint a görények görények!"
"Where can I have dropped my things, I wonder?"

"Hol dobhattam le a dolgaimat, kíváncsi vagyok?"
Alice guessed in a moment what he was looking for
Alice egy pillanat alatt kitalálta, mit keres
he was looking for the feather fan
A tolllegyezőt kereste
and he was looking for the pair of white gloves
És kereste a pár fehér kesztyűt
so she very good-naturedly began looking for the gloves
Tehát nagyon jóindulatúan elkezdte keresni a kesztyűt
and she looked for the feather fan too
És kereste a tolllegyezőt is
but the gloves and feather fan were nowhere to be seen
De a kesztyűt és a tollventilátort sehol sem lehetett látni
everything seemed to have changed since her swim in the pool
Úgy tűnt, hogy minden megváltozott, mióta úszott a medencében
nothing was the same since she had been in the great hall
Semmi sem volt ugyanaz, mióta a nagyteremben volt
and the glass table had vanished
és az üvegasztal eltűnt
and the little door wasn't there either
És a kis ajtó sem volt ott
Very soon the rabbit noticed Alice
Hamarosan a nyúl észrevette Alice-t
he called to her in an angry tone
Dühös hangon szólította meg
"Mary Ann, what are you doing out here?"
- Mary Ann, mit csinálsz itt?
"Run home this moment"
"Fuss haza ebben a pillanatban"
"and fetch me a pair of gloves and a feather fan!"
"És hozz nekem egy pár kesztyűt és egy tolllegyezőt!"
"and be quick about it!"
"És légy gyors!"
Alice spoke to herself as she ran off
Alice megszólalt magában, miközben elszaladt

"He must have mistaken me for his housemaid!"
- Biztosan összetévesztett engem a szobalányával!
"How surprised he'll be when he finds out who I am!"
"Mennyire meg fog lepődni, amikor megtudja, ki vagyok!"
As she said this, she came upon a neat little house
Miközben ezt mondta, egy takaros kis házra bukkant
on the door of the house was a bright brass plate
A ház ajtaján fényes sárgaréz lemez volt
"W. RABBIT"
"W. NYÚL"
She went in without knocking on the door
Bement anélkül, hogy kopogtatott volna az ajtón
and she hurried straight upstairs
és egyenesen az emeletre sietett
she worried that she might meet the real Mary Ann
aggódott, hogy talán találkozik az igazi Mary Ann-nel
because then she would be turned out of the house
mert akkor kifordítanák a házból
and she wouldn't be able to find the feather fan and gloves
És nem találná meg a tollventilátort és a kesztyűt
Alice had found her way into a tidy little room
Alice megtalálta az utat egy rendezett kis szobába
in the room was a table by the window
A szobában volt egy asztal az ablak mellett
and on the table was a feather fan
És az asztalon egy tollrajongó volt
and there were two or three pairs of tiny white gloves
és volt két-három pár apró fehér kesztyű
she picked up the feather fan and a pair of the gloves
Felvette a tolllegyezőt és egy pár kesztyűt
and she was just about to leave the room
és éppen el akarta hagyni a szobát
but then her eyes fell upon a little bottle
De aztán a szeme egy kis üvegre esett
She uncorked the bottle and put it to her lips
Kibontotta az üveget, és az ajkához tette
"I do hope it'll make me grow large again"

"Remélem, hogy ettől újra nagyra nőök"
"I'm tired of being such a tiny little thing!"
"Elegem van abból, hogy ilyen apró apróság vagyok!"
Alice had hardly drunk half the bottle
Alice alig itta meg az üveg felét
her head was already pressing against the ceiling
A feje már a mennyezethez nyomódott
and she had to stoop down
és le kellett hajolnia
to save her neck from being broken
hogy megmentse a nyakát a töréstől
She hastily put down the bottle
Sietve letette az üveget
"That's quite enough"
"Ez elég"
"I hope I don't grow anymore"
"Remélem, nem növök tovább"
Alas! It was too late to wish that!
Sajnos! Túl késő volt ezt kívánni!
She went on growing and growing
Egyre nőtt és nőtt
and very soon she had to kneel down on the floor
És hamarosan le kellett térdelnie a padlóra
and even then she went on growing
És még akkor is tovább nőtt
as a last resource she put one arm out of the window
Utolsó erőforrásként kinyújtotta az egyik karját az ablakon
and she put one foot up the chimney
és egyik lábát feltette a kéményre
"Now I can do no more, whatever happens"
"Most már nem tehetek többet, bármi is történik"
"What will become of me?"
"Mi lesz velem?"

Alice had a spot of luck
Alice-nek szerencséje volt
the little magic bottle had had its full effect
A kis varázspalack teljes hatását érezte
and Alice grew no larger than she was
és Alice nem nőtt nagyobbra, mint amilyen volt
After a few minutes she heard a voice outside
Néhány perc múlva egy hangot hallott odakint
and she stopped to listen to the voice
És megállt, hogy meghallgassa a hangot
"Mary Ann! Mary Ann!" said the voice
"Mary Ann! Mary Ann!" – mondta a hang
"Fetch me my gloves this moment!"
"Hozd el nekem a kesztyűmet ebben a pillanatban!"
Then came a little pattering of feet on the stairs
Aztán jött egy kis lábdobogás a lépcsőn
Alice knew it was the rabbit coming to look for her
Alice tudta, hogy a nyúl jön, hogy megkeresse őt
and she trembled till she shook the house

és addig reszketett, amíg meg nem rázta a házat
she quite forgot what her proportions were
Teljesen elfelejtette, hogy milyen arányok vannak
she was a thousand times as large as the rabbit
Ezerszer akkora volt, mint a nyúl
and she had no reason to be afraid of a rabbit
És nem volt oka félni egy nyúltól
Presently the rabbit came up to the door
Ekkor a nyúl odajött az ajtóhoz
and the little rabbit tried to open the door
És a kis nyúl megpróbálta kinyitni az ajtót
the door started to open inwards
Az ajtó befelé kezdett nyílni
but Alice's elbow was pressed hard against the door
de Alice könyökét erősen az ajtóhoz nyomta
that attempt proved a failure
Ez a kísérlet kudarcnak bizonyult
Alice heard the rabbit speak to himself
Alice hallotta, hogy a nyúl magában beszél
"Then I'll go around and get in through the window"
"Akkor körbemegyek, és bejutok az ablakon"
"That you won't!" thought Alice
"Hogy nem fogsz!" - gondolta Alice
and she waited a little again
És megint várt egy kicsit;
soon she heard the rabbit just under the window
Hamarosan meghallotta a nyulat az ablak alatt
she suddenly spread out her hand
Hirtelen széttárta a kezét
and she made a snatch in the air
És megragadta a levegőt
She did not get hold of anything
Nem kapott semmit
but she heard a little shriek and a fall
De hallott egy kis sikolyt és egy esést
and she heard a crash of broken glass
és hallotta a törött üveg csattanását

perhaps the rabbit had fallen
Talán a nyúl esett
maybe he was in a green-house
Talán egy zöld házban volt
Next came an angry voice; the rabbit's voice
Ezután egy dühös hang jött; a nyúl hangja
"Pat, where are you?"
- Pat, hol vagy?
And then came a voice she had never heard before
Aztán jött egy hang, amit még soha nem hallott
"your honour, I'm here!"
- Becsületedre, itt vagyok!
"I'm digging for apples"
"Almát ások"
"Here! Come and help me out of this!"
"Itt! Gyere és segíts nekem ebben!"
"Now tell me, Pat, what's that in the window?"
- Most mondd meg, Pat, mi van az ablakban?
"Sure, your honour, I will tell you"
"Persze, becsületedre, megmondom"
"it's an arm that's in the window!"
"Ez egy kar, ami az ablakban van!"
"Well, an arm has no business there"
"Nos, egy karnak ott nincs dolga"
"go and take the arm away!"
- Menj, és vedd el a karját!
There was a long silence after this
Ezután hosszú csend következett
and Alice could only hear whispers now and then
és Alice csak néha hallott suttogást
and at last she spread out her hand again
és végül ismét kinyújtotta a kezét
and she made another snatch in the air
És még egy fogást tett a levegőbe
This time there were two little shrieks
Ezúttal két kis sikoly hallatszott
and there was more sounds of broken glass

És több törött üveghang hallatszott
"I wonder what they'll do next!" thought Alice
"Kíváncsi vagyok, mit fognak csinálni legközelebb!" - gondolta
Alice
"I wish they would pull me out the window"
"Bárcsak kihúznának az ablakon"
She waited for some time
Várt egy ideig
but for a while she didn't hear anything more
De egy ideig nem hallott többet
At last came a rumbling of little wheels
Végre kis kerekek dübörgése hallatszott
and there came the sound of a good many voices
és jó sok hang hallatszott
all the voices were talking together
Minden hang együtt beszélt
She could make out some of the words
Ki tudott találni néhány szót
"Where's the other ladder?"
- Hol van a másik létra?
"Bill's got the other ladder"
"Billé a másik létra"
"Bill, come here!"
- Bill, gyere ide!
"Will the roof bear the load?"
"A tető elbírja a terhet?"
"Who wants to go down the chimney?"
- Ki akar lemenni a kéményen?
"Nay, I shall not! You do it!"
"Nem, nem fogom! Te csinálod!"
"Here, Bill!"
- Itt, Bill!
"The master says you've got to go down the chimney!"
- A mester azt mondja, hogy le kell menned a kéményen!
Alice drew her foot as far down the chimney as she could
Alice olyan messzire húzta a lábát a kéményen, amennyire
csak tudta

and then she waited to see what was coming
Aztán várta, hogy lássa, mi jön
she heard a little animal scratching and scrambling
Hallotta, hogy egy kis állat kaparja és tülekedik
the little animal must be in the chimney
a kis állatnak a kéményben kell lennie
then she gave one sharp kick
Aztán adott egy éles rúgást
and she waited to see what would happen next
És várta, hogy mi fog történni ezután
she heard a general chorus of voices
Hangok általános kórusát hallotta
"There goes Bill!" they all said
"Ott megy Bill!" - mondták mindannyian
then she heard the rabbit's voice alone
Aztán egyedül hallotta a nyúl hangját
"You by the hedge, catch him!"
- Te a sövénynél, kapd el!
there was another moment of silence
Újabb pillanatnyi csend következett
and then there was another confusion of voices
Aztán újabb hangzavar támadt
"Hold up his head, Brandy"
- Tartsa fel a fejét, Brandy!
"be careful not to choke him"
"Vigyázz, hogy ne fojtsd meg"
"What happened to you?"
- Mi történt veled?
Last came a little feeble, squeaking voice
Utoljára egy kissé gyenge, nyikorgó hang jött
"Well, I hardly know no more"
"Nos, alig tudok többet"
"thank you all, I'm better now"
"köszönöm mindenkinek, most már jobban vagyok"
"there is one thing I can remember"
"Egy dologra emlékszem"
"something comes at me like a train in a tunnel"

"Valami jön felém, mint egy vonat az alagútban"
"and up I fly like a sky-rocket!"
"És felfelé repülök, mint egy égi rakéta!"
there was a minute or two of silence
Egy-két perc csend következett
and then they began moving about again
Aztán újra mozogni kezdtek
and Alice heard the Rabbit speak again
és Alice újra hallotta a Nyulat beszélni
"A barrowful will do, to begin with"
"Először is egy barrowful megteszi"
"A barrowful of what?" thought Alice
"Miből egy barrow?" - gondolta Alice
But she was not kept in suspense for long
De nem sokáig tartották felfüggesztve
a shower of little pebbles came through the window
Kis kavicsok zápora jött be az ablakon
and some of the little pebbles hit her in the face
és néhány apró kavics arcon ütötte
Alice was surprised about the little pebbles
Alice meglepődött a kis kavicsokon
all the little pebbles were turning into cakes
Az összes apró kavics süteményré változott
and a bright idea came into her head
És egy ragyogó ötlet jött a fejébe
"I should eat one of these cakes"
"Meg kellene ennem egy ilyen süteményt"
"cake is sure to make some change in my size"
"A torta biztosan változtat a méretemen"
So she swallowed one of the cakes
Így lenyelte az egyik süteményt
and she was delighted to find that she began shrinking
És örömmel tapasztalta, hogy zsugorodni kezdett
soon she was small enough to get through the door
Hamarosan elég kicsi volt ahhoz, hogy bejusson az ajtón
she ran out of the house
Kiszaladt a házból

a crowd of little animals and birds were waiting outside
Kis állatok és madarak tömege várakozott kint
all the little birds and animals rushed at Alice
az összes kis madár és állat Alice-re rohant
but she ran off as fast as she could
De elszaladt, amilyen gyorsan csak tudott
and soon she found herself safe in a thick wood
És hamarosan biztonságban találta magát egy sűrű erdőben
Alice wandered about in the woods
Alice az erdőben kóborolt
and she thought to herself:
És azt gondolta magában:
"I know what I have to do first"
"Tudom, mit kell először tennem"
"first I have to grow to my right size again"
"először újra a megfelelő méretre kell nőnöm"
"and then I have to find my way into that lovely garden"
"és akkor meg kell találnom az utat abba a szép kertbe"
"I suppose I ought to eat or drink something or other"
"Azt hiszem, ennem vagy innom kellene valamit vagy mást"
"but the question is what should I eat or drink?"
"De a kérdés az, hogy mit egyek vagy igyak?"
Alice looked all around her at the flowers
Alice körülnézett a virágokon
and she looked through the blades of grass
És átnézett a fűszálakon
but she could not see anything to eat or drink
De nem látott semmit enni vagy inni
nothing looked like the right thing to eat or drink
Semmi sem tűnt megfelelőnek enni vagy inni
There was a large mushroom growing near her
Egy nagy gomba nőtt a közelében
the mushroom was about the same height as Alice
a gomba körülbelül ugyanolyan magas volt, mint Alice;
She stretched herself up on tiptoes
Lábujjhegyre nyújtózkodott
and she peeped over the edge of the mushroom

És átkukucskált a gomba szélén
her eyes immediately met the eyes of a large blue caterpillar
A szeme azonnal találkozott egy nagy kék hernyó szemével
the caterpillar was sitting on the top of the mushroom
A hernyó a gomba tetején ült
and the caterpillar had crossed all his arms
és a hernyó keresztbe tette az összes karját
and he was quietly smoking a long hookah
És csendesen szívott egy hosszú vízipipa
and he took not the smallest notice of anything
és a legcsekélyebb figyelmet sem vette semmire
and he certainly didn't pay attention to Alice
és biztosan nem figyelt Alice-re

Advice from a caterpillar
Tanácsok egy hernyótól

At last the caterpillar took the hookah out of its mouth
Végül a hernyó kivette a vízipipát a szájából
and he addressed Alice in a languid, sleepy voice
és bágyadt, álmos hangon szólította meg Alice-t
"Who are you?" said the caterpillar
"Ki vagy te?" - kérdezte a hernyó

Alice replied, rather shyly, "I hardly know, sir"
Alice meglehetősen félénken válaszolt: - Alig tudom, uram
"just at the moment it's all a bit..."
"Csak abban a pillanatban minden egy kicsit..."
"I know who I was when I got up this morning""
"Tudom, ki voltam, amikor ma reggel felkeltem."
"but I think I must have changed several times since then"
"de azt hiszem, azóta többször is meg kellett változnom"

"What do you mean by that?" said the caterpillar

"Mit értesz ez alatt?" – kérdezte a hernyó

sternly the caterpillar asked her to explain herself

A hernyó szigorúan megkérte, hogy magyarázza meg magát

"I can't explain myself, I'm afraid, sir," said Alice

- Nem tudom megmagyarázni magam, attól tartok, uram - mondta Alice

"because I'm not myself"

"mert nem vagyok önmagam"

"you see, being so many different sizes in a day is very confusing"

"Látod, ennyi különböző méret egy nap alatt nagyon zavaró"

She pulled herself up and said very gravely:

Felhúzta magát, és nagyon komolyan mondta:

"I think you ought to tell me who you are, first"

"Azt hiszem, először meg kellene mondanod, ki vagy"

"Why?" said the caterpillar

"Miért?" – kérdezte a hernyó

Alice could not think of any good reason

Alice nem jutott eszébe semmi jó ok

and the caterpillar seemed to be in a very unpleasant state of mind

És úgy tűnt, hogy a hernyó nagyon kellemetlen lelkiállapotban van

so she turned away

Ezért elfordult

"Come back!" the caterpillar called after her

"Gyere vissza!" - kiáltotta utána a hernyó

"I've something important to say!"

"Van valami fontos mondanivalóm!"

Alice turned and came back again

Alice megfordult, és újra visszajött

"Keep your temper," said the caterpillar

- Tartsd meg a türelmedet - mondta a hernyó

"Is that all?" said Alice

"Ez minden?" – kérdezte Alice

and she swallowed her anger as well as she could

és lenyelte a haragját, ahogy csak tudta
"No," said the caterpillar
- Nem - mondta a hernyó
the caterpillar unfolded its arms
A hernyó kinyitotta a karját
and he took the hookah out of his mouth again
És újra kivette a vízipipát a szájából
and he said, "So you think you're changed, do you?"
és azt mondta: "Tehát azt hiszed, hogy megváltoztál, ugye?"
"I'm afraid, I am changed, sir," said Alice
- Félek, megváltoztam, uram - mondta Alice
"I can't remember things as I used to remember them"
"Nem emlékszem úgy a dolgokra, mint régen"
"and I don't stay the same size for more than ten minutes!"
"És nem maradok ugyanabban a méretben tíz percnél tovább!"
"What size do you want to be?" asked the caterpillar
"Milyen méretű akarsz lenni?" – kérdezte a hernyó
"Oh, I don't particularly mind what size I am," Alice hastily replied
- Ó, nem különösebben bánom, hogy mekkora vagyok - válaszolta Alice sietve
"I just don't like changing size so often, you know"
"Egyszerűen nem szeretem olyan gyakran megváltoztatni a méretet, tudod"
"I would like to be a little larger, sir"
- Szeretnék egy kicsit nagyobb lenni, uram
"if you wouldn't mind," added Alice
- Ha nem bánnád - tette hozzá Alice
"Ten centimetres is such a wretched height to be"
"Tíz centiméter olyan nyomorult magasság"
"It is a very good height indeed!" said the caterpillar angrily
"Valóban nagyon jó magasság!" - mondta a hernyó dühösen
and he reared itself upright as he spoke
és beszéd közben felegyenesedett
he was exactly ten centimetres high
Pontosan tíz centiméter magas volt
In a minute or two, the caterpillar got down off the

mushroom
Egy-két perc múlva a hernyó leereszkedett a gombáról
and he crawled away into the grass
és elkúszott a fűbe
as he went away, he made some little remarks
Ahogy elment, tett néhány apró megjegyzést
"One side will make you grow taller"
"Az egyik oldalon magasabb leszel"
"and the other side will make you grow shorter"
"És a másik oldalon rövidebb leszel"
"One side of what?" thought Alice to herself
"Minek az egyik oldala?" - gondolta magában Alice;
"The other side of what?"
- Mi a másik oldala?
"the side of the mushroom," said the caterpillar
- A gomba oldala - mondta a hernyó
it was as if she had asked her question aloud
Olyan volt, mintha hangosan tette volna fel a kérdését
and in another moment, he was out of sight
És egy másik pillanatban eltűnt a látóköréből
Alice remained looking thoughtfully at the mushroom
Alice továbbra is elgondolkodva nézte a gombát
**she was trying to make out which were the two sides of the
mushroom**
Megpróbálta kitalálni, hogy melyik a gomba két oldala
At last she stretched her arms around the mushroom
Végül kinyújtotta karját a gomba körül
and she broke off a bit of the edges
És egy kicsit letörte a széleit
"And now, which side is which?" she said to herself
"És most melyik oldal melyik?" - kérdezte magában
and she nibbled a little of the right-hand bit
És egy kicsit megrágta a jobb oldali bitet
**The next moment she felt a violent blow underneath her
chin**
A következő pillanatban heves ütést érzett az álla alatt
her chin had struck her foot!

Az álla megütötte a lábát!
She was a good deal frightened by this very sudden change
Nagyon megijedt ettől a hirtelen változástól
she was shrinking very rapidly
Nagyon gyorsan zsugorodott
so she quickly ate some of the other bit of mushroom
Így gyorsan megette a másik darab gombát
Her chin was pressed very closely against her foot
Az állát nagyon szorosan a lábához nyomta
there was hardly room to open her mouth
alig volt hely kinyitni a száját
but she did at last manage to open her mouth
De végre sikerült kinyitnia a száját
and she swallowed a morsel of the left-hand bit
és lenyelt egy falatot a bal oldali bitből
"my head's been freed at last!" said Alice
"Végre kiszabadították a fejem!" – mondta Alice
she looked down at herself
Lenézett magára
but all she could see was an immense length of neck
De csak egy roppant hosszú nyakat látott
her neck seemed to rise like a stalk
A nyaka úgy tűnt, hogy felemelkedik, mint egy szár
and she looked down over a sea of green leaves
és lenézett a zöld levelek tengerére
"Where have my shoulders gotten to?"
- Hová került a vállam?
"And oh, my poor hands, how is it I can't see you?"
- És ó, szegény kezem, hogy lehet az, hogy nem látlak?
but her neck did have one benefit
De a nyakának volt egy előnye
she could move her head in any direction
Bármilyen irányba mozgathatta a fejét
in fact, she was just like a serpent
Valójában olyan volt, mint egy kígyó
she gracefully zigzagged her head down
Kecsesen cikcakkban lehajtotta a fejét

and she moved her head through the trees
És mozgatta a fejét a fák között
but then she heard a sharp hiss
De aztán éles sziszegést hallott
and she quickly pulled her head back
és gyorsan visszahúzta a fejét
a large pigeon had flown into her face
Egy nagy galamb repült az arcába
and the pigeon was violently with its wings
És a galamb erőszakosan volt a szárnyaival

"Serpent!" cried the pigeon
"Kígyó!" kiáltotta a galamb
"I'm not a serpent!" said Alice indignantly
"Nem vagyok kígyó!" – mondta Alice felháborodottan
"Leave me alone!"

- Hagyj békén!
"I've tried the roots of trees"
"Kipróbáltam a fák gyökereit"
"and I've tried hedges," the pigeon went on
- És kipróbáltam a sövényeket - folytatta a galamb
"but those serpents! There's no pleasing them!"
"De azok a kígyók! Nincs kedvük hozzájuk!"
Alice was more and more puzzled
Alice egyre zavartabb volt
"As if it wasn't trouble enough hatching the eggs," said the pigeon
- Mintha nem lenne elég gond a tojások kikeltetésével - mondta a galamb
"by night and day I must look out for serpents too!"
"éjjel-nappal vigyáznom kell a kígyókra is!"
"I had just found the highest tree in the forest"
"Most találtam meg az erdő legmagasabb fáját"
"surely I'd be free from serpents here?"
- Biztosan itt megszabadulnék a kígyóktól?
"and out comes a serpent from the sky!"
"És kígyó jön ki az égből!"
"But I'm not a serpent, I tell you!" said Alice
"De én nem vagyok kígyó, mondom neked!" – mondta Alice
"I'm a... I'm a... I'm a little girl," she added rather doubtfully
"Egy... Egy... Kislány vagyok – tette hozzá meglehetősen kételkedve
she had after all been going through a lot of changes
Végül is sok változáson ment keresztül
"You're looking for eggs," said the pigeon
- Tojást keresel - mondta a galamb
"I know that for a fact"
"Ezt tényként tudom"
"and what does it matter if you're a little girl or a serpent?"
"És mit számít, ha kislány vagy kígyó vagy?"
"It matters a good deal to me," said Alice hastily
- Nagyon sokat számít nekem - mondta Alice sietve
"but I'm not looking for eggs, as it happens"

"de nem keresek tojást, ahogy történik"
"and I wouldn't want your eggs anyway"
"és amúgy sem akarnám a tojásaidat"
"I don't like my eggs raw"
"Nem szeretem a tojásaimat nyersen"
"Well, be off then!" said the pigeon in a sulky tone
"Nos, akkor indulj el!" - mondta a galamb mogorva hangon
and the pigeon settled down again into its nest
és a galamb ismét letelepedett a fészkébe
Alice crouched down among the trees as well as she could
Alice lekuporodott a fák közé, ahogy csak tudott
her neck kept getting entangled among the branches
A nyaka folyton belegabalyodott az ágak közé
every now and then she had to stop and untwist her neck
Hébe-hóba meg kellett állnia, és ki kellett csavarnia a nyakát
After awhile she remembered the mushroom
Egy idő után eszébe jutott a gomba
she still held the pieces of mushroom in her hands
Még mindig a kezében tartotta a gombadarabokat
and she set to work very carefully
És nagyon óvatosan munkához látott
first she nibbled at one piece
Először egy darabot rágcsált
and then she nibbled at the other piece
Aztán a másik darabot rágcsálta
sometimes she grew taller
néha magasabb lett
and sometimes she grew shorter
és néha rövidebb lett
but finally she achieved her usual height
De végül elérte a szokásos magasságát
she hadn't been her own height for some time
Egy ideje nem volt a saját magassága
so everything felt strange for a while
Szóval egy ideig minden furcsának tűnt
"The next thing to do is to get into that beautiful garden"
"A következő dolog, amit meg kell tennie, hogy bejusson abba

a gyönyörű kertbe"
"how is that to be done, I wonder?"
"Hogy lehet ezt csinálni, kíváncsi vagyok?"
As she said this, she came upon an open place
Miközben ezt mondta, egy nyitott helyre bukkant
there was a little house, a bit higher than a metre
Volt egy kis ház, valamivel magasabb, mint egy méter
"I wonder who lives in this little house"
"Kíváncsi vagyok, ki lakik ebben a kis házban"
"I certainly can't go in as big as I am"
"Biztosan nem tudok olyan nagyot bemenni, mint amilyen vagyok"
"I would frighten them terribly!"
"Rettenetesen megijeszteném őket!"
so she nibbled at the little mushroom again
Így hát megint a kis gombát rágcsálta
and soon she brought herself down thirty centimetres
és hamarosan harminc centiméterrel lejjebb vitte magát

A pig and some pepper
Egy disznó és egy kis bors
For a minute or two she stood looking at the house
Egy-két percig csak állt, és nézte a házat
suddenly a footman came running out of the woods
Hirtelen egy gyalogos futott ki az erdőből
he was wearing a special livery uniform
Különleges festésű egyenruhát viselt
judging by his face only, she would have called him a fish
Csak az arcából ítélve halnak nevezte volna
and he rapped loudly at the door with his knuckles
És hangosan kopogtatott az ajtón a csuklójával
the door was opened by another footman
Az ajtót egy másik gyalogos nyitotta ki
this footman too was wearing a special livery
Ez a gyalogos is különleges ruhát viselt
this footman had a round face and large eyes like a frog
Ennek a gyalogosnak kerek arca és nagy szeme volt, mint egy
béka

The footman that looked like a fish initiated the ceremony
A halnak látszó gyalogos kezdeményezte a szertartást
he pulled out something from under his arm
Kihúzott valamit a hóna alól
and he pulled out from under his arm an envelope
és kihúzott a hóna alól egy borítékot
and this envelope he handed over to the other footman
és ezt a borítékot átadta a másik gyalogosnak
in a ceremonious tone he told him the orders
Ünnepélyes hangon elmondta neki a parancsokat
"This message is for the Duchess"
"Ez az üzenet a hercegnőnek szól"
"An invitation from the queen to play croquet"
"Meghívás a királynőtől krokettezni"
The footman that looked like a frog repeated the order
A békának látszó gyalogos megismételte a parancsot
"from the queen"
"A királynőtől"
"an invitation"
"Meghívó"
"for the Duchess"
"a hercegnő számára"
"playing croquet"
"Krokett játék"
Then they both bowed low
Aztán mindketten mélyen meghajoltak
and the curls in their wigs got entangled together
és a parókájukban lévő fürtök összefonódtak
soon the footman that looked like a fish was gone
Hamarosan eltűnt a gyalogos, aki úgy nézett ki, mint egy hal
but the footman that looked like a frog was still there
De a békának látszó gyalogos még mindig ott volt
he was sitting on the ground near the door
A földön ült az ajtó közelében
he was staring stupidly up into the sky
Hülyén bámult az égre
Alice went timidly up to the door and knocked

Alice félénken odament az ajtóhoz és kopogtatott
"There's no use in knocking," said the footman
- Nincs értelme kopogtatni - mondta a gyalogos
"and that is for two reasons"
"És ennek két oka van"
"First, because I'm on the same side of the door as you are"
"Először is, mert én az ajtónak ugyanazon az oldalán vagyok, mint te"
"secondly, because they're making so much noise inside"
"Másodszor, mert olyan nagy zajt csapnak odabent"
"no one could possibly hear you"
"Senki sem hallhatott téged"
And there certainly was a most extraordinary noise going on within
És minden bizonnyal rendkívüli zaj hallatszott odabent
a constant howling and sneezing
állandó üvöltés és tüsszentés
and every now and then a sound of great crashing
és hébe-hóba nagy összeomlás hangja
as if a dish or kettle had been broken to pieces
mintha egy edényt vagy vízforralót törtek volna darabokra
"How am I to get in?" asked Alice
"Hogyan jutok be?" – kérdezte Alice
"Should you get in at all?" said the footman
"Be kellene egyáltalán szállnod?" – kérdezte a gyalogos
"That's the first question, you know"
"Ez az első kérdés, tudod"
Alice opened the door and went in
Alice kinyitotta az ajtót, és bement
The door led right into a large kitchen
Az ajtó egyenesen egy nagy konyhába vezetett
the kitchen was full of smoke from one end to the other
A konyha tele volt füsttel az egyik végétől a másikig
in the middle of the kitchen was the Duchess
a konyha közepén volt a hercegnő
she was sitting on a three-legged stool
Egy háromlábú zsámolyon ült

and she was nursing a baby
És egy csecsemőt szoptatott
the cook was leaning over the fire
A szakács a tűz fölé hajolt
he was stirring a large caldron
Egy nagy kaldront kavargatott
and the caldron seemed to be full of soup
És úgy tűnt, hogy a kaldron tele van leveszel
"There's certainly too much pepper in that soup!" Alice said
to herself
"Biztosan túl sok bors van abban a levesben!" Alice azt mondta
magában:
she said it as best she could without sneezing
A lehető legjobban mondta, tüsszentés nélkül
Even the Duchess sneezed occasionally
Még a hercegnő is tüsszentett néha
but the baby's actions were the most noteworthy
De a baba cselekedetei voltak a legfigyelemreméltóbbak
the baby was sneezing and howling alternately
A baba felváltva tüsszentett és üvöltött
there was not a moment's pause between howling and
sneezing
Egy pillanatnyi szünet sem volt az üvöltés és a tüsszentés
között
There were two creatures in the kitchen that did not sneeze
Két lény volt a konyhában, amelyek nem tüsszentettek
the cook was too busy to sneeze
A szakács túl elfoglalt volt ahhoz, hogy tüsszentsen
and the large cat did not seem to mind the pepper
És úgy tűnt, hogy a nagy macska nem bánja a borsot
instead, the large cat was grinning from ear to ear
Ehelyett a nagy macska fültől fülig vigyorgott
"Please would you tell me," said Alice, a little timidly
- Kérem, mondja meg nekem - mondta Alice kissé félénken
"why is your cat grinning like that?"
"Miért vigyorog így a macskád?"
"It's a Cheshire-Cat," said the Duchess

- Ez egy Cheshire-macska - mondta a hercegnő
"and that's why he's grinning from ear to ear"
"És ezért vigyorog fültől fülig"
"I didn't know that a Cheshire-Cat always grinned"
"Nem tudtam, hogy egy Cheshire-macska mindig vigyorog"
"in fact, I didn't know that cats could grin," said Alice
"Valójában nem tudtam, hogy a macskák vigyoroghatnak" -
mondta Alice
"there is much you don't know," said the Duchess
- Sok mindent nem tudsz - mondta a hercegnő
"there is much you don't know and that's a fact"
"Sok minden van, amit nem tudsz, és ez tény"
Just then the cook took the caldron of soup off the fire
Ekkor a szakács levette a tűzről a leves kaldronját
and at once she started throwing everything within her reach
És azonnal elkezdett mindent dobálni, ami elérhető volt
she threw everything she could at the Duchess and the babe
mindent odadobott a hercegnőnek és a csecsemőnek, amit
csak tudott
first she threw the fire-irons
Először eldobta a tűzivasalókat
then she threw a handful of saucepans
Aztán dobott egy marék serpenyőt
and finally she threw the plates and dishes
és végül eldobta a tányérokat és az edényeket
The Duchess took no notice of her
A hercegnő nem vett róla tudomást
even when she was hit by a plate she did not worry
Még akkor sem, amikor egy tányér megütötte, nem aggódott
the baby was already howling so much
A baba már annyira üvöltött
so it was impossible to say whether the blows hurt the baby
or not
Tehát lehetetlen volt megmondani, hogy a fújások fájnak-e a
babának vagy sem
"Oh, please mind what you're doing!" cried Alice
"Ó, kérlek, törődj azzal, amit csinálsz!" - kiáltotta Alice

and she jumped up and down in an agony of terror
és rémülten ugrált fel és alá
the Duchess offered Alice the baby
a hercegnő felajánlotta Alice-nek a babát
"Here! You may nurse the baby a bit, if you like!"
"Itt! Szoptathatod egy kicsit a babát, ha úgy tetszik!"
and she flung the baby at her as she spoke
És beszéd közben rávetette a babát
"I must go and get ready to play croquet with the queen"
"El kell mennem, és fel kell készülnöm krokettezni a
királynővel"
and she hurried out of the room
és kisietett a szobából
Alice caught the baby with some difficulty
Alice némi nehézséggel elkapta a babát
because it was a very odd-shaped little creature
mert nagyon furcsa alakú kis lény volt
and the baby held out its arms and legs in all directions
és a baba minden irányba kinyújtotta karját és lábát
"I better take this child away with me," thought Alice
"Jobb, ha magammal viszem ezt a gyereket" - gondolta Alice
"they're sure to kill this baby in a day or two"
"Biztosan megölik ezt a babát egy-két napon belül"
"Wouldn't it be murder to leave this baby behind?"
"Nem lenne gyilkosság hátrahagyni ezt a babát?"
She said the last words out loud
Hangosan kimondta az utolsó szavakat
and the little thing grunted in reply
És az apróság morgott válaszként
"you best not turn into a pig, my dear," said Alice
- Jobb, ha nem válsz disznóvá, kedvesem - mondta Alice
"or else I'll have nothing more to do with you"
"különben semmi közöm nem lesz hozzád"
Alice was just beginning to think to herself:
Alice éppen csak elgondolkodott magában:
**"Now, what am I to do with this creature, when I get it
home?"**

- Nos, mit kezdjek ezzel a teremtménnyel, ha hazaviszem?
but then the little creature grunted a little violently
De aztán a kis teremtmény kissé hevesen morgott
and Alice looked down into its face in some alarm
és Alice némi riadalommal nézett le az arcába
This time there could be no mistake about it
Ezúttal nem lehetett tévedés
it was neither more nor less than a pig
nem volt sem több, sem kevesebb, mint egy disznó
so she set the little creature down
Így hát letette a kis teremtményt
and the little creature trot away quietly into the wood
És a kis teremtmény csendesen elügetett az erdőbe
Alice felt quite relieved to see the creature go
Alice nagyon megkönnyebbült, amikor látta, hogy a lény elmegy
Alice was a little startled by seeing the Cheshire-Cat
Alice kissé megijedt, amikor meglátta a Cheshire-macskát
it was sitting on a bough of a tree a few yards off
Egy faágon ült, néhány méterre tőle
The cat only grinned when it saw her
A macska csak vigyorgott, amikor meglátta
"Cheshire-cat," began Alice, rather timidly
- Cheshire-macska - kezdte Alice meglehetősen félénken
"would you please tell me which way I ought to go from here?"
- Kérem, mondja meg, merre menjek innen?
"In that direction," the cat said
- Abban az irányban - mondta a macska
and it waved the right paw around
és integetett a jobb mancsával
"In that direction lives a maker of hats"
"Ebben az irányban él a kalapok készítője"
and then the cat waved its other paw
Aztán a macska intett a másik mancsával
"and in that direction lives a march hare"
"És ebben az irányban él egy márciusi nyúl"

"Visit either you like; they're both mad"
"Látogassa meg, amit csak akar; mindketten őrültek"
"But I don't want to go among mad people," Alice remarked
- De nem akarok őrültek közé menni - jegyezte meg Alice
"Oh, you can't help that," said the Cat
- Ó, ezen nem tehetsz - mondta a Macska
"we're all mad here"
"Itt mindannyian őrültek vagyunk"
"are you playing croquet with the queen today?"
- Ma krokettet játszol a királynővel?
"I would like to very much," said Alice
- Nagyon szeretném - mondta Alice
"but I haven't been invited yet"
"de még nem hívtak meg"
"You'll see me there," said the Cat
- Ott látni fogsz - mondta a Macska
and from one moment to the next the cat vanished
És egyik pillanatról a másikra a macska eltűnt
soon Alice got in sight of the house of the march hare
hamarosan Alice megpillantotta a menetelő nyúl házát
this was a very large house
Ez egy nagyon nagy ház volt
so Alice did not want to go near the house
így Alice nem akart a ház közelébe menni
first she had to nibble some more of the left side bit of mushroom
Először még egy kis gombát kellett rágcsálnia a bal oldali gombából

a mad tea-party
Egy őrült tea-party

In front of the house there was a tree
A ház előtt volt egy fa
and under the tree there was a table
És a fa alatt volt egy asztal
and the table was set with all sorts of cutlery
És az asztal mindenféle evőeszközzel volt megterítve
the march hare and the hat maker were at the table
A márciusi nyúl és a kalapkészítő az asztalnál ült
and together they were having tea
és együtt teáztak
a dormouse was sitting between them
Egy hálóterem ült közöttük
and the dormouse was fast asleep
és a dormouse mélyen aludt
The table was of extraordinary size
Az asztal rendkívüli méretű volt
but most of the table was unoccupied
De az asztal nagy része üres volt
they sat crowded together at one corner of the table
Összezsúfolódva ültek az asztal egyik sarkában
and yet they made excuses when they saw Alice
és mégis mentegetőztek, amikor meglátták Alice-t
"No room! No room!" they cried out
"Nincs hely! Nincs hely!" – kiáltották
"There's plenty of room!" said Alice indignantly
"Rengeteg hely van!" - mondta Alice felháborodva
at one end of the table there was a large arm-chair
Az asztal egyik végén egy nagy karosszék volt
and Alice sat herself in the armchair
és Alice leült a karosszékbe
the hat maker opened his eyes very wide
A kalapkészítő nagyon tágra nyitotta a szemét
he couldn't believe what he was seeing
Nem hitte el, amit lát
but his mind was curious about other things

- 61 -

De az elméje más dolgokra volt kíváncsi
"Why is a raven like a writing-desk?"
"Miért olyan a holló, mint az íróasztal?"
Alice was open to the challenge
Alice nyitott volt a kihívásra
"I'm glad they've begun asking riddles"
"Örülök, hogy elkezdtek rejtvényeket kérdezni"
"I believe I can guess that," she added aloud
- Azt hiszem, kitalálhatom - tette hozzá hangosan
The march hare grew curious about Alice
A menetelő nyúl kíváncsi lett Alice-re
"Do you really think you can find the answer?"
"Tényleg azt hiszed, hogy megtalálod a választ?"
"I think I can find the answer indeed," said Alice
- Azt hiszem, valóban megtalálom a választ - mondta Alice
**"Then you should say what you mean," the march hare went
on**
- Akkor mondd el, mire gondolsz - folytatta a menetnyúl
"I do say what I mean," Alice hastily replied
- Mondom, amire gondolok - felelte Alice sietve
"at the very least I mean what I say"
"legalábbis komolyan gondolom, amit mondok"
"that's the same thing, you know"
"Ez ugyanaz, tudod"
the dormouse also contributed to the conversation
A dormouse is hozzájárult a beszélgetéshez
but the dormouse seemed to be talking in its sleep
De úgy tűnt, hogy a dormouse álmában beszél
"I breathe when I sleep"
"Lélegzem, amikor alszom"
"I sleep when I breathe!"
"Alszom, amikor lélegzem!"
"you might as well say they are the same too"
"Akár azt is mondhatnánk, hogy ugyanazok"
"It is the same thing with you," said the hat maker
- Ugyanez a helyzet veled - mondta a kalapkészítő
and he poured a little tea on the dormouse's nose

és egy kis teát öntött a dormouse orrára
The Dormouse shook its head impatiently
A Dormouse türelmetlenül rázta a fejét
and again the dormouse spoke, without opening its eyes
És megint megszólalt a dormouse, anélkül, hogy kinyitotta
volna a szemét
"Of course, of course it is the same"
"Természetesen ugyanaz"
"that's just what I was going to say myself"
"csak ezt akartam mondani magam"

The hat maker turned to Alice and asked another question
A kalapkészítő Alice-hez fordult, és újabb kérdést tett fel
"Have you guessed the riddle yet?"
- Kitaláltad már a rejtvényt?
"No, I give up," Alice conceded
- Nem, feladom - ismerte el Alice
"What's the answer?" she wanted to know
"Mi a válasz?" – kérdezte
"I haven't the slightest idea," said the hat maker
- A leghalványabb ötletem sincs - mondta a kalapkészítő

"Nor do I know," said the march hare
- Nem is tudom - mondta a menetnyúl
Alice gave a weary sigh
Alice fáradtan sóhajtott
"there are better uses of time than riddles without answers"
"Vannak jobb időfelhasználások, mint a válaszok nélküli rejtvények"
"have some more tea," the march hare said to Alice, very earnestly
- Igyál még egy teát - mondta a menetnyúl Alice-nek nagyon komolyan
Alice was quite offended by the offer
Alice-t nagyon sértette az ajánlat
"I've had not had tea yet," Alice replied
- Még nem ittam teát - felelte Alice
"therefore I can't have any more tea"
"ezért nem tudok több teát inni"
"You mean you can't have less tea," said the hat maker
- Úgy érted, hogy nem ihatsz kevesebb teát - mondta a kalapkészítő
"it's very easy to take more than nothing"
"Nagyon könnyű többet venni a semminél"
At this, Alice got up and walked off
Erre Alice felállt és elment
The dormouse fell asleep instantly
A dormouse azonnal elaludt
and neither of the others took the least notice of her going
és a többiek közül egyik sem vette észre, hogy elmegy
though she looked back once or twice
bár egyszer-kétszer visszanézett
they were trying to put the dormouse into the tea-pot
Megpróbálták betenni a dormouse-t a teáskannába
"At any rate, I'll never go there again!" said Alice
"Mindenesetre soha többé nem megyek oda!" - mondta Alice
and she walked her way through the woods
És végigsétált az erdőn
"that was the stupidest tea-party I've ever been to"

"Ez volt a leghülyébb teaparti, amin valaha is voltam"
Just as she said this, she noticed something
Ahogy ezt mondta, észrevett valamit
one of the trees had a door leading right into it
Az egyik fának volt egy ajtaja, amely egyenesen oda vezetett
"That's very interesting!" she thought
"Ez nagyon érdekes!" - gondolta
"I think I may as well go through the door"
"Azt hiszem, akár be is mehetek az ajtón"
And through the door she went
És az ajtón át ment
Once more she found herself in the long hall
Még egyszer a hosszú teremben találta magát
again she was close to the little glass table
Ismét közel volt a kis üvegasztalhoz
she took the little golden key
Elvette a kis aranykulcsot
and she unlocked the door that led into the garden
és kinyitotta az ajtót, amely a kertbe vezetett
Then she set to work nibbling at the mushroom
Aztán munkához látott, és rágcsálta a gombát
she had kept a piece of the mushroom in her pocket
Egy darab gombát tartott a zsebében
and finally she was about a metre tall
és végül körülbelül egy méter magas volt
then she walked down the little corridor
Aztán végigsétált a kis folyosón
and then she finally found herself in the beautiful garden
Aztán végül a gyönyörű kertben találta magát
and she was among the bright flower and the cool fountains
És ott volt a fényes virágok és a hűvös szökőkutak között

The queen's croquet ground
A királynő krokettje
A large rose-tree stood near the entrance of the garden
Egy nagy rózsafa állt a kert bejáratánál
the roses growing on the tree were white
A fán növekvő rózsák fehérek voltak
but there were three gardeners painting the rose
De három kertész festette a rózsát
they were busily painting the roses red
szorgalmasan festették vörösre a rózsákat
and Alice was watching them paint the roses red
és Alice nézte, ahogy vörösre festik a rózsákat
and suddenly their eyes chanced to fall upon Alice
és hirtelen a szemük véletlenül Alice-re esett
Alice spoke a little timidly
Alice kissé félénken beszélt
"Would you tell me, please;"
- Megmondaná, kérem;
"why are you all painting those roses?"
"Miért festitek mindnyájan azokat a rózsákat?"
five and seven said nothing, but looked at two
Öt és hét nem szólt semmit, csak kettőre nézett
two spoke, in a low voice
ketten szólaltak meg, halk hangon
"Why, the fact is, you see, madam"
- Miért, a tény, látja, asszonyom.
"this here ought to have been a red rose-tree"
"Ennek itt egy vörös rózsafának kellett volna lennie"
"and we put a white rose-tree in by mistake"
"És tévedésből egy fehér rózsafát tettünk bele"
"as you would agree, the queen must not find out"
"Ahogy egyetértenének, a királynőnek nem szabad
megtudnia"
"else we would all have our heads cut off"
"különben mindannyiunk fejét levágnák"
"So you see, madam, we're doing our best"
- Látja, asszonyom, minden tőlünk telhetőt megteszünk.

card five had been anxiously looking across the garden
Az ötös kártya aggódva nézett át a kerten
At this moment card five called out, "The queen! The queen!"
Ebben a pillanatban az ötös kártya felkiáltott: "A királynő! A királynő!"
and the three gardeners instantly scurried away
és a három kertész azonnal elsurrant
and they threw themselves flat upon their faces
és arcra vetették magukat
There was a sound of many footsteps
Sok lépés hangja hallatszott
Alice looked around, eager to see the queen
Alice körülnézett, alig várta, hogy láthassa a királynőt
At the start of the procession were ten soldiers
A menet elején tíz katona volt
their hands and feet were in the corners
kezük és lábuk a sarkokban volt
and in their hands and feet were clubs
és kezükben és lábukban botok voltak
next came the ten courtiers
Ezután jött a tíz udvaronc
the courtiers were ornamented all over with diamonds
Az udvaroncokat mindenütt gyémántok díszítették
After the courtiers came the royal children
Az udvaroncok után jöttek a királyi gyermekek;
there were ten of the royal children
Tíz királyi gyermek volt
and all the royal children were ornamented with hearts
és minden királyi gyermeket szívvel díszítettek
Next came the guests; mostly kings and queens
Ezután jöttek a vendégek; többnyire királyok és királynők
and among the kings and queen Alice saw someone
és a királyok és a királynő között Alice látott valakit
she saw again the white rabbit she had chased
Újra látta a fehér nyulat, amelyet üldözött
The procession was followed the knave of hearts

A menetet a szívek köldöke követte
he was carrying the king's crown
A király koronáját hordozta
and the king's crown was on a crimson velvet cushion
és a király koronája bíbor bársony párnán volt
and then came the end of this grand procession
És akkor jött el ennek a nagy menetnek a vége
and there at the end were the king and queen of hearts
És ott volt a végén a szívek királya és királynője
the procession came opposite to Alice
a menet Alice-szel szemben jött
and they all stopped and looked at her
És mindannyian megálltak, és ránéztek
and the queen said severely, "Who is this?"
és a királyné komolyan megkérdezte: "Ki ez?"
She said it to the Knave of Hearts
Elmondta a Szívek Hajójának
but he just bowed and smiled in reply
De ő csak meghajolt és mosolygott válaszul;
Alice spoke very politely
Alice nagyon udvariasan beszélt
"My name is Alice, so please your majesty"
"A nevem Alice, ezért kérem fenségedet"
but she had other thoughts to herself
De más gondolatai voltak magának
"they're only a pack of cards, after all!"
"Végül is csak egy csomag kártya!"
"Can you play croquet?" shouted the queen
"Tudsz krokettezni?" - kiáltotta a királynő
The question was evidently meant for Alice
A kérdés nyilvánvalóan Alice-nek szólt
"Yes!" said Alice loudly
- Igen! - mondta Alice hangosan
"Come play then!" roared the queen
"Gyere hát játszani!" üvöltötte a királynő
a timid voice spoke to Alice
egy félénk hang szólt Alice-hez

"it's a very fine day!"
"Ez egy nagyon szép nap!"
She was walking by the white rabbit
A fehér nyúl mellett sétált
and the White Rabbit was peeping anxiously into her face
és a Fehér Nyúl aggódva kukucskált az arcába
"a very fine day indeed," confirmed Alice
- Valóban nagyon szép nap - erősítette meg Alice
"Where's the duchess?"
- Hol van a hercegnő?
"Hush! Hush!" said the Rabbit
"Csitt! Hush!" - mondta a Nyúl
"She's under sentence of execution"
"Kivégzés alatt áll"
"What is she being executed for?" asked Alice
"Miért végzik ki?" – kérdezte Alice
"She scuffed the queen's ears," the rabbit began
- Megkopta a királyné fülét - kezdte a nyúl
the queen shouted in a voice of thunder
- kiáltotta a királynő mennydörgés hangján
"Get to your places!"
"Menj a helyedre!"
and people began running about in all directions
és az emberek elkezdtek futni minden irányba
and they all tumbled up against each other
és mindannyian egymásnak estek
However, they got settled down in a minute or two
Egy-két perc alatt azonban letelepedtek
and then the game began
És akkor kezdődött a játék
Alice had never seen such a curious croquet ground
Alice még soha nem látott ilyen furcsa krokettföldet
the grass was all ridges and furrows
A fű csupa gerinc és barázda volt
The croquet balls were real hedgehogs
A krokettgolyók valódi sündisznók voltak
and the mallets were real flamingos

És a kalapácsok valódi flamingók voltak
and the soldiers stood on their hands and feet
és a katonák álltak a kezükön és a lábukon
because the arches was made from their bodies
mert az ívek a testükből készültek
The players all played at once
A játékosok mind egyszerre játszottak
nobody waited for their turns
Senki sem várta meg a sorukat
and everyone quarrelled with everyone
és mindenki veszekedett mindenkivel
and all were fighting for the hedgehogs
És mindannyian harcoltak a sündisznókért
soon the queen was in a furious passion
Hamarosan a királynő dühös szenvedélyben volt
and she started stamping about and shouting
És elkezdett ütlegelni és kiabálni
"Chop off his head!"
- Vágja le a fejét!
"Chop off her head!"
- Vágja le a fejét!
"Chop all their heads off!"
"Vágd le az összes fejüket!"
Again Alice thought to herself
Alice megint azt gondolta magában:
"They're dreadfully fond of beheading people here"
"Rettenetesen szeretik itt lefejezni az embereket"
"the great wonder is that there's anyone left alive!"
"A nagy csoda az, hogy valaki életben maradt!"
She was looking about for some way of escape
Valami menekülési módot keresett
she noticed a curious appearance in the air
Furcsa megjelenést vett észre a levegőben
"It's the Cheshire-cat," she said to herself
"Ez a Cheshire-macska" - mondta magában
"now I shall have somebody to talk to"
"most lesz kivel beszélnem"

"How are you getting on?" said the cat
"Hogy boldogulsz?" – kérdezte a macska
"I don't think they play at all fairly," Alice said
"Egyáltalán nem hiszem, hogy tisztességesen játszanak" –
mondta Alice
and she had a rather complaining tone
és meglehetősen panaszos hangja volt
"they all quarrel so dreadfully"
"Mindannyian olyan rettenetesen veszekednek"
"one can't hear oneself speak"
"Az ember nem hallja magát beszélni"
"and they don't seem to play by any rules"
"És úgy tűnik, hogy nem játszanak semmilyen szabály szerint"
the cat asked Alice a question in a low voice
a macska halk hangon kérdezte Alice-t
"How do you like the queen?"
- Hogy tetszik a királynő?
"I don't like her at all," said Alice
- Egyáltalán nem szeretem őt - mondta Alice

Alice thought she might as well go back
Alice úgy gondolta, akár vissza is mehet
she wanted to see how the game was going
Látni akarta, hogyan megy a játék
she went off in search of her hedgehog
Elindult, hogy megkeresse a sündisznóját
The hedgehog was busy fighting another hedgehog
A sündisznó egy másik sündisznóval volt elfoglalva
this was an excellent opportunity
Ez kiváló lehetőség volt
she could croquet one hedgehog with the other
Az egyik sündisznót krokettezni tudta a másikkal
but her flamingo was on the other side of the garden
De a flamingója a kert másik oldalán volt
the flamingo was rather clumsy
A flamingó meglehetősen ügyetlen volt
her flamingo was trying to fly up into a tree
A flamingója megpróbált felrepülni egy fára
She caught the flamingo by the leg
A lábánál elkapta a flamingót
and she tucked the flamingo away under her arm
És eldugta a flamingót a hóna alá
that way the flamingo couldn't escape again
Így a flamingó nem tudott újra elmenekülni
Just then Alice happened to meet the duchess
Éppen akkor Alice találkozott a hercegnővel
The duchess was now out of prison
A hercegnő most már kiszabadult a börtönből
She tucked her arm affectionately under Alice's arm
Gyengéden Alice hóna alá dugta a karját
and then they walked off together
Aztán együtt sétáltak el
Alice was very glad to find her in such a pleasant temper
Alice nagyon örült, hogy ilyen kellemes hangulatban találta
She was a little startled, however
Kissé megijedt
she heard the voice of the duchess close to her ear

Hallotta a hercegnő hangját a füléhez közel
"You're thinking about something, my dear"
- Gondolsz valamire, kedvesem.
"and that makes you forget to talk"
"És ettől elfelejtesz beszélni"
"The game's going on rather better now," Alice said
"A játék most már jobban megy" – mondta Alice
it was one way of keeping the conversation going
Ez volt az egyik módja annak, hogy fenntartsuk a beszélgetést
"it is so indeed," said the duchess
- Valóban így van - mondta a hercegnő
"and the moral of that is this:"
"És ennek tanulsága ez: "
"It is love that does it all!"
"A szeretet az, ami mindent megtesz!"
"Love is what makes the world go around"
"A szeretet az, ami körbejárja a világot"
Alice had another explanation
Alice-nek más magyarázata volt
"it's done by everybody minding his own business!"
"Ezt mindenki a saját dolgával törődve csinálja!"
"Ah, well! You could be right"
- Hát igen! Igazad lehet"
"It all means much the same thing," said the Duchess
- Mindez nagyjából ugyanazt jelenti - mondta a hercegnő
and she dug her sharp little chin into Alice's shoulder
és éles kis állát Alice vállába fúrta
"and the moral of that is this"
"És ennek a tanulsága ez"
"Take care of the sense"
"Vigyázz az érzékre"
"and then the sounds will take care of themselves"
"És akkor a hangok gondoskodnak magukról"
but then the duchess's arm began to tremble
De aztán a hercegnő karja remegni kezdett
Alice looked up and there stood the queen
Alice felnézett, és ott állt a királynő

the queen had her arms folded
A királynő összekulcsolta a karját
and she was frowning like a thunderstorm!
És összeráncolta a homlokát, mint egy zivatar!
"I give you fair warning," shouted the queen
- Igazságosan figyelmeztetlek - kiáltotta a királynő
and she stomped on the ground as she spoke
és beszéd közben a földre taposott
"either your head or her head must be off"
"Vagy a fejednek, vagy az ő fejének kell levennie"
"Take your choice!"
"Válasszon!"
"and be quick about it"
"És légy gyors"
The duchess made her choice
A hercegnő választotta
and within a moment the duchess was gone
és egy pillanaton belül a hercegnő eltűnt
Then the queen spoke to Alice
Aztán a királynő beszélt Alice-szel
"Let's go on with the game"
"Folytassuk a játékot"
Alice was too frightened to say a word
Alice túlságosan megijedt ahhoz, hogy egy szót is szóljon
and she slowly followed her back to the croquet-ground
és lassan követte őt vissza a krokettföldre
the whole time the queen quarrelled with the other players
A királynő egész idő alatt veszekedett a többi játékossal
"Chop off his head!"
- Vágja le a fejét!
"Chop off her head!"
- Vágja le a fejét!
"Chop all their heads off!"
"Vágd le az összes fejüket!"
soon all the players were in custody
Hamarosan az összes játékos őrizetben volt
only the king, the queen, and Alice remained

csak a király, a királynő és Alice maradt
Then the queen left, quite out of breath
Aztán a királynő elment, egészen kifulladva
and she walked away with Alice
és elment Alice-szel
Alice heard the king quietly say something
Alice hallotta, hogy a király halkan mond valamit
"You are all pardoned"
"Mindnyájan bocsánatot nyertek"
but suddenly there was another cry heard
De hirtelen újabb kiáltás hallatszott
"The trial is beginning!"
"A tárgyalás kezdődik!"
and Alice ran along with the others
és Alice futott a többiekkel

who stole the tarts?

Ki lopta el a tortákat?

The king and queen of hearts were seated

A szívek királya és királynője ült

they were on their throne when Alice arrived

a trónjukon ültek, amikor Alice megérkezett

there was a great crowd assembled around them

Nagy tömeg gyűlt köréjük

there were all sorts of little birds and beasts

Mindenféle kis madár és vadállat volt

and there was the whole pack of cards

És ott volt az egész csomag kártya

the knave was standing in front of them, in chains

A köldök ott állt előttük, láncra verve

and there was a soldier on each side to guard him

és mindkét oldalon volt egy-egy katona, aki őrizte

near the King was the white rabbit

a király közelében volt a fehér nyúl

he had a trumpet in one hand

Egyik kezében trombita volt

and he had a scroll of parchment in the other hand

és a másik kezében pergamentekercs volt

In the very middle of the court was a table

Az udvar közepén volt egy asztal

on the table was a large dish of tarts

Az asztalon egy nagy tál torta volt

"I wish they'd get the trial done," Alice thought

"Bárcsak elvégeznék a tárgyalást" - gondolta Alice;

"then we could eat some of those refreshments!"

- Akkor ehetnénk néhány frissítőt!

The judge, by the way, was the king
A bíró egyébként a király volt
and he wore his crown over his great wig
és koronáját nagy parókája fölött viselte
"That's the jury-box," thought Alice
"Ez az esküdtszéki páholy" - gondolta Alice
"and those twelve creatures, I suppose they are the jurors"
"és az a tizenkét teremtmény, feltételezem, hogy ők az esküdtek"
some were animals, and some were birds
Néhányan állatok voltak, mások madarak
Just then the white rabbit cried out
Ekkor a fehér nyúl felkiáltott
"Silence in the court!"
"Csend a bíróságon!"
"Herald, read the accusation!" said the king
"Hírnök, olvasd el a vádat!" - mondta a király
the white rabbit blew three blasts on the trumpet
A fehér nyúl három robbanást fújt a trombitán
then he unrolled the parchment-scroll

Aztán kibontotta a pergamentekercset
and he read as follows:
és a következőket olvasta:
"The queen of hearts, she made some tarts,"
"A szívek királynője, készített néhány tortát,"
"All this she did on a summer day"
"Mindezt egy nyári napon tette"
"The knave of hearts, he stole those tarts"
"A szívek köldöke, ellopta azokat a tortákat"
"And he took those tarts far away!"
- És messzire vitte azokat a tortákat!
"Call the first witness," said the king
- Hívd az első tanút - mondta a király
and the white rabbit blew three blasts on the trumpet
és a fehér nyúl három robbanást fújt a trombitán
"bring the first witness!" he called out
"Hozzátok az első tanút!" – kiáltotta
The first witness was the hat maker
Az első tanú a kalapkészítő volt
he came in with a teacup in one hand
Bejött egy teáscsészével az egyik kezében
and he had a piece of bread and butter in the other hand
és volt egy darab kenyér és vaj a másik kezében
"You ought to have finished," said the King
- Be kellett volna fejezned - mondta a király
"When did you begin?"
- Mikor kezdted?
The hat maker looked at the march hare
A kalapkészítő a menetnyúlra nézett
the march hare had followed him into the court
A menetnyúl követte őt az udvarba
he had walked arm in arm with the dormouse
Kart karba öltve sétált a dormouse-szal
"Fourteenth of March, I think it was," he said
"Azt hiszem, március tizennegyedike volt" – mondta
"Give your evidence," said the king
- Adj tanúvallomást - mondta a király

"and don't be nervous, or I'll have you executed on the spot"
"és ne idegeskedj, különben a helyszínen kivégeztelek"
This did not seem to encourage the witness at all
Úgy tűnt, hogy ez egyáltalán nem bátorította a tanút
he kept shifting from one foot to the other
Folyton egyik lábáról a másikra váltott;
and he looked uneasily at the queen
és nyugtalanul nézett a királynőre
and, in his confusion, he bit a large piece out of his teacup
És zavarában egy nagy darabot harapott ki a teáscsészéjéből
really he meant to bite from his bread and butter
valójában harapni akart a kenyeréből és a vajából
Just at this moment Alice felt a very curious sensation
Ebben a pillanatban Alice nagyon kíváncsi érzést érzett
she was beginning to grow larger again
Kezdett újra nagyobb lenni
The miserable hat maker dropped his teacup
A nyomorult kalapkészítő elejtette a teáscsészéjét
and the bread and butter fell to the ground
és a kenyér és a vaj a földre esett
and he went down on one knee
és fél térdre ereszkedett
"I'm a poor man, your majesty," he began
- Szegény ember vagyok, felség - kezdte
"You're a very poor speaker," said the king
- Nagyon rossz szónok vagy - mondta a király
"You may go," said the king
- Mehetsz - mondta a király
and the hat maker hurriedly left the court
És a kalapkészítő sietve elhagyta az udvart
"Call the next witness!" said the king
"Hívd a következő tanút!" - mondta a király
The next witness was the duchess's cook
A következő tanú a hercegnő szakácsa volt
She carried the pepper-box in her hand
A kezében tartotta a borsos dobozt
and the people near the door began sneezing all at once

És az ajtó közelében lévő emberek egyszerre tüsszenteni kezdtek
"Give your evidence," said the king
- Adj tanúvallomást - mondta a király
"I shall give no evidence," said the cook
- Nem fogok bizonyítékot szolgáltatni - mondta a szakács
The king looked anxiously at the white rabbit
A király aggódva nézett a fehér nyúlra
and the white rabbit spoke in a quiet voice
És a fehér nyúl csendes hangon beszélt
"your majesty must cross-examine this witness"
"Felségednek keresztkérdéseket kell tennie ennek a tanúnak"
"Well, if I must, I must," the king said
- Nos, ha muszáj, akkor muszáj - mondta a király
"What are tarts made of?"
"Miből készülnek a torták?"
"tarts are made of pepper, mostly," said the cook
"A torták többnyire borsból készülnek" - mondta a szakács
For some minutes the whole court was in confusion
Néhány percig az egész bíróság összezavarodott
eventually they all settled down again
Végül mindannyian újra letelepedtek
but by then the cook had disappeared
De addigra a szakács eltűnt
"Never mind!" said the king
"Sebaj!" – mondta a király
"call to the stand the next witness"
"Hívd az emelvényre a következő tanút"
Alice watched the white rabbit as he fumbled over the list
Alice figyelte a fehér nyulat, amint átfutotta a listát
you can imagine her surprise at what she heard next
Él lehet képzelni, mennyire meglepődött azon, amit ezután hallott
at the top of his shrill little voice, he called the name "Alice!"
reszkető kis hangja tetején az "Alice!" nevet szólította.

Alice's evidence
Alice bizonyítékai

"Here!" cried Alice
- Itt! - kiáltotta Alice
She jumped up in a great hurry
Sietve felugrott
and she tipped over the jury-box
és felborult az esküdtszéki páholyban
and she knocked over all the jurymen
és leütötte az összes esküdtet
and they fell on to the heads of the crowd below
és az alattuk lévő tömeg fejére estek
Alice was in great dismay
Alice nagyon megdöbbent
"Oh, I beg your pardon!" she exclaimed
"Ó, bocsánatot kérek!" - kiáltott fel
"The trial cannot proceed," said the king
- A tárgyalás nem folytatódhat - mondta a király
"the jurymen must get back in their proper places"
"A zsűritagoknak vissza kell térniük a megfelelő helyükre"
he repeated the order with great emphasis
Nagy hangsúllyal megismételte a parancsot
and he looked at Alice sternly
és szigorúan nézett Alice-re
"What do you know about these events?" the king asked Alice
"Mit tudsz ezekről az eseményekről?" – kérdezte a király Alice-től
"I know nothing on the subject," said Alice
- Semmit sem tudok a témáról - mondta Alice
The king then read from his book
A király ezután felolvasott a könyvéből
"Rule forty two"
"Negyvenkettes szabály"
"All persons more than a mile high are to leave the court"
"Minden egy mérföldnél magasabb személynek el kell hagynia a bíróságot"

"I'm not a mile high," said Alice
- Egy mérföld magasan sem vagyok - mondta Alice
"Nearly two miles high," said the Queen
- Közel két mérföld magas - mondta a királynő

"Well, I refuse to go," said Alice
- Nos, nem vagyok hajlandó elmenni - mondta Alice
The king turned pale
A király elsápadt
and he shut his note-book hastily
és sietve becsukta jegyzetkönyvét
"Consider your verdict," he said to the jury
"Fontolja meg az ítéletét" - mondta az esküdtszéknek
he spoke in a low, trembling voice
Halk, remegő hangon beszélt
then the white rabbit spoke
Aztán megszólalt a fehér nyúl
"There's more evidence to come yet"
"Még több bizonyíték várható"
and he jumped up in a great hurry

és nagy sietve felugrott
"This paper has just been picked up"
"Ezt a papírt most vették fel"
"It seems to be a letter written by the prisoner"
"Úgy tűnik, hogy a fogoly által írt levél"
He unfolded the paper as he spoke
Beszéd közben kibontotta a papírt
"It isn't a letter, after all"
"Végül is ez nem egy levél"
"what it was was a set of verses"
"Ami volt, az egy verssor volt"
"Please, your majesty," said the knave
- Kérem, felség - mondta a hajós
"I didn't write those verses"
"Nem én írtam azokat a verseket"
"and they can't prove that I wrote anything"
"és nem tudják bizonyítani, hogy írtam semmit"
"there's no name signed at the end"
"Nincs aláírva név a végén"
the king spoke to the knave
A király beszélt a köcsöghöz
"You must have meant to cause some mischief"
"Biztosan valami bajt akartál okozni"
"else you'd have signed your name like an honest man"
"Különben becsületes emberként írta volna alá a nevét"
There was a general clapping of hands
Általános taps hallatszott
and the king turned to the white rabbit
És a király a fehér nyúlhoz fordult
"Read the verses," he ordered
"Olvassátok el a verseket" – parancsolta
There was dead silence in the court
Halotti csend volt az udvaron
and the white rabbit read out the verses
és a fehér nyúl felolvasta a verseket
They told me you had been to her
Azt mondták nekem, hogy jártál nála

And they mentioned me to him
És megemlítettek engem neki
She gave me a good character
Jó jellemet adott nekem
But she said I could not swim
De azt mondta, hogy nem tudok úszni
He sent them word I had not gone
Azt üzente nekik, hogy nem mentem el
We know it to be true
Tudjuk, hogy igaz
If she should push the matter on, what would become of you?
Ha tovább erőltetné az ügyet, mi lenne veled?
I gave her one, they gave him two
Én adtam neki egyet, ők kettőt adtak neki
You gave us three or more
Hármat vagy többet adtál nekünk
They all returned from him to you
Mindannyian visszatértek tőle hozzád
although they were mine before
bár korábban az enyém voltak
If I or she should chance to be
Ha nekem vagy neki véletlenül az kellene
If I or she were involved in this affair
Ha én vagy ő részt vennék ebben az ügyben
He trusts to you to set them free
Bízik benned, hogy megszabadítod őket
Exactly as we were
Pontosan úgy, ahogy mi voltunk
My notion was that you had been
Az volt az elképzelésem, hogy te voltál
Before she had this fit
Mielőtt ez a rohama lett volna
An obstacle that came between
Egy akadály, amely
Him, and ourselves, and it
Őt, magunkat és azt

Don't let him know she liked them best
Ne tudassa vele, hogy a legjobban szereti őket
For this must for ever be a secret, kept from all the rest
Mert ennek örökre titoknak kell lennie, meg kell őriznie a többitől
This secret must remain a secret between yourself and me
Ennek a titoknak titokban kell maradnia közted és köztem
the king was very impressed
A király nagyon le volt nyűgözve
"That's the most important piece of evidence we've heard yet"
"Ez a legfontosabb bizonyíték, amit eddig hallottunk"
"I don't believe those verses carry an atom of meaning," objected Alice
"Nem hiszem, hogy ezek a versek egy atomnyi jelentést hordoznának" – tiltakozott Alice
the King had his own opinion on the matter
a királynak megvolt a saját véleménye a kérdésben
"If there's no meaning in those words, that saves a world of trouble"
"Ha ezeknek a szavaknak nincs értelme, az megmenti a bajok világát"
"then we needn't try to find the meaning"
"Akkor nem kell megpróbálnunk megtalálni a jelentését"
"Let the jury consider their verdict"
"Hagyja, hogy az esküdtszék mérlegelje ítéletét"
"No, no!" said the queen
"Nem, nem!" - mondta a királynő
"Sentencing first—verdict afterwards"
"Először az ítélet, utána az ítélet"
"Stuff and nonsense!" said Alice loudly
"Ilyesmi és ostobaság!" - mondta Alice hangosan
"how silly it is to sentence the defendant first!"
"Milyen ostobaság először a vádlottat elítélni!"

"Hold your tongue!" said the queen, turning purple
"Tartsd a nyelved!" - mondta a királynő, lila színben
"I will not hold my tongue!" said Alice
"Nem fogom tartani a nyelvemet!" - mondta Alice
the queen shouted at the top of her voice
- kiáltotta a királynő fennhangon
"chop off her head!"
- Vágja le a fejét!
Nobody made a movement
Senki sem mozdult
"Who cares what you say?" said Alice
"Kit érdekel, hogy mit mondasz?" – kérdezte Alice
she had grown to her full size by this time
Ekkorra már teljes méretére nőtt
"You're nothing but a pack of cards!"
"Nem vagy más, mint egy csomag kártya!"
At this, all the cards rose up in the air
Erre az összes kártya felemelkedett a levegőben
and all the cards came flying down upon her

és az összes kártya lerepült rá
she gave a little scream
Egy kicsit sikoltozott
she was half afraid, but also angry
Félig félt, de dühös is volt
and she tried to fight the cards off of herself
És megpróbálta kiverekedni magából a kártyákat
and then she found herself lying on the grass bank
Aztán a füves parton feküdt
her head was in the lap of her sister
A feje a nővére ölében volt
some dead leaves had landed on her face
Néhány halott levél landolt az arcán
and her sister was gently brushing the leaves away
A húga pedig gyengéden lesöpörte a leveleket
"Wake up, Alice dear!" said her sister
"Ébredj fel, Alice kedves!" - mondta a nővére
"what a long sleep you've had!"
"Milyen sokáig aludtál!"
"Oh, I've had such a curious dream!" said Alice
"Ó, olyan furcsa álmom volt!" - mondta Alice
And she told her sister all she could remember
És elmondott a húgának mindent, amire emlékezett
all the strange adventures that you have just been reading about
Az összes furcsa kaland, amiről az imént olvastál
Alice got up and ran off
Alice felállt és elszaladt
and she thought, while she ran, about her dream
És futás közben az álmára gondolt
"what a wonderful dream it had been!"
"Milyen csodálatos álom volt!"